剧照

拍摄花絮

连接更多书与书，书与人，人与人。

八戒降魔

葛文喆 著

当代世界出版社

图书在版编目（CIP）数据

八戒降魔 / 葛文喆著. —— 北京： 当代世界出版社，2018.10

ISBN 978-7-5090-1443-1

Ⅰ．①八… Ⅱ．①葛… Ⅲ．①长篇小说—中国—当代 Ⅳ．① I247.5

中国版本图书馆CIP数据核字（2018）第199231号

八戒降魔

作　　者：	葛文喆
出版发行：	当代世界出版社
地　　址：	北京市复兴路4号（100860）
网　　址：	http://www.worldpress.org.cn
编务电话：	（010）83908456
发行电话：	（010）83908409
	（010）83908377
	（010）83908423（邮购）
	（010）83908410（传真）
经　　销：	全国新华书店
印　　刷：	北京宝丰印刷有限公司
开　　本：	880mm×1230mm　1/32
印　　张：	8.5
字　　数：	200千字
版　　次：	2018年10月第1版
印　　次：	2018年10月第1次印刷
书　　号：	ISBN 978-7-5090-1443-1
定　　价：	45.00元

如发现印装质量问题，请与承印厂联系调换。
版权所有，翻版必究，未经许可，不得转载！

目录 | contents

第一章　猪圈降生记　1

第二章　惊魂梦境　8

第三章　狼女抓人　19

第四章　李屠户遇难　30

第五章　女神仙之路　42

第六章　捉妖会馆　54

第七章　张玉郎对战孙仙郎　66

第八章　重返铜锁村　77

第九章　真假李银刀　88

第十章　野狼帮混战　100

第十一章　飞天大野猪　110

第十二章　又见女神仙　121

第十三章　大小法师　127

第十四章　足浴店风波　137

第十五章　租车　150

第十六章　离间计（一）　157

第十七章　离间计（二）　164

第十八章　李银刀被气走　172

第十九章　柳月身世之谜　184

第二十章　夜入烟翠楼　192

第二十一章　法王复仇　203

I

第二十二章　地牢逃生　211

第二十三章　痴情的张玉郎　220

第二十四章　包子店的陷阱　231

第二十五章　脱险前进　241

第二十六章　断魂崖上　250

第一章

猪圈降生记

天渐渐阴沉，空气变得十分凝重。李屠户打开自家卧房的窗户，望向院子另一端的两扇木门，像是在焦急地等待着什么。眼看着一场暴雨就要到来，干巴巴的蝉叫声反倒越来越响了，吵得人甚是心烦。

大门吱呀一声开了，一个人影进入了李屠户的视线，这正是李屠户等待已久的神医，他能在孩子出生之前判断是男是女。在李屠户身后，夫人正坐在床沿上抚摸着鼓起的肚皮。李屠户向夫人会意一笑，赶紧出房门迎接神医。

"久仰神医大名，快请进来！"李屠户在前面为神医打开房门，接着说，"我们知道神医很忙，能请到您已经是件大喜事了，我们就想沾沾您的喜气，要是个儿子，那就再好不过了。算命先生也跟我说，我这辈子肯定会有儿子的。所以……这次还是劳烦神医了。"

李屠户说完，从胸口掏出一袋银两，塞到了神医手中。只见神医咳嗽一声，十分熟练地把银两塞进了兜里。神医闲话不说，径直走向李屠户的妻子，在她面前坐了下来。

"把左手给我。"神医说。他接过她的左手，搭在手腕上号起脉来。

神医半天没有说话，表情倒是变来变去，一会儿点头，一会儿摇头，一会儿叹气，一会儿惊讶地"啊"出一声。这可把李屠户看糊涂了。

"怎么样？是个男的吧？"李屠户问神医。

第一章 / 猪圈降生记

神医松开了手,又对他的妻子说:"把右手给我。"同样的表情又重复了一遍,让李屠户和妻子感到高深莫测。

"是个男的没错吧?"李屠户又问。

"嗯……是头公的没错。"神医低声说道。

"公……公的?"

"不不,不对,是个……"

"是个什么?"

"是个女的。"

李屠户一时间无法面对这个答案,他盼望自己能有个儿子,现在竟泡汤了。他转过身去,推开窗户大吼一声。只见天上同时闪过一道闪电,伴着"咔嚓"一声雷鸣,闪电直接打进了李屠户家的院子,击中了他家的猪圈。这道极具神意的闪电给李屠户送来了不可多得的礼物,可惜当时竟被李屠户忽略了。紧接着,雨水一滴一滴砸到地面上,越来越密。

"哎呀不好了,夫人晕过去了!"神医惊叫。

李屠户转过身,看到夫人斜躺在床上,衣服被血迹染红了一片。糟糕,夫人这是受了刺激,要提前生产了。可眼下窗外下着大雨,要去请接生婆根本已经来不及了。情急之下,李屠户请求神医为夫人接生。可这神医左右推辞,称自己虽然是医生,可接生的活从来没做过,是万万行不通的。

"那可怎么办?我还没有儿子呢,不能再失去夫人!神医神医,算我求你了,你要多少银子我都给你,求你了!"

银子！神医的眼睛顿时一亮。他稳定了一下自己的情绪，不急不慢地告诉李屠户："哎，其实也不是没办法。我倒是愿意尝试一下……不过丑话说在前头，出了事情我可不负责。"

"我来负责，我来负责，求求你了，求求……快点接生吧。"李屠户已经急得话不成句。

其间的焦灼痛苦按下不表，等到女婴呱呱坠地，夫人仍然虚弱地睁不开眼睛，只是极力蠕动着嘴唇，像是有话要说，却说不出口。神医害怕久留是非多，准备即刻转身离开，临走又提醒李屠户承诺过的银子。

窗外的雨停了，女婴的哭声也停了。李屠户把她抱在怀里轻轻摇晃，又慢慢放到床上。这时，他听到夫人开口说话了。

"我们，我们的……女儿叫……叫什么名字？"夫人的声音十分微弱。

"这我还真没想好。"李屠户憨憨地摸了摸后脑勺，他对夫人说，"要不你来取个名字吧！"

夫人久久看着床头挂着的两把杀猪刀，刀尖银光闪闪。李屠户是铜锁村的养猪大户，半辈子都在做猪肉生意。夫人突然有了主意，她说："就叫……李银刀……"

李屠户也看向那一对杀猪刀，称赞夫人奇思妙想，起了个好名字。他对夫人说："夫人，你先在这里躺一会儿，我去给你宰一头小猪仔，给你好好补补身体。"说完，他从床头取下两把杀猪刀，转身前往猪圈。可不曾想，神医"出了事故"四个字竟一

第一章／猪圈降生记

语成谶——夫人就在李屠户出门的空档离开了人世。

李屠户半是高兴半是失落地走进了猪圈，高兴和失落全因为李银刀。他太想要个儿子了，可是老天不施舍，也是没法强求的。他一边想着，一边来到了一头老母猪身边。这头老母猪也是刚刚生产，一窝八只小猪仔，李屠户准备今天宰一头。无论公猪母猪，看到李屠户的两把杀猪刀，都会应急性地逃到角落里去，可是这头老母猪竟反其道而行之，偏偏窝在原地不走。李屠户正有一肚子火气，他愤怒地把两把杀猪刀举过头顶。突然，猪圈里传来一声婴儿的啼哭。

李屠户半天才回过神来，他把杀猪刀慢慢放到地上，用力把老母猪推开，惊讶地发现，就在八只小猪仔中间，躺着一名赤身裸体的男婴。

是谁家的孩子……李屠户心里想着，到底也想不明白，谁家的孩子能生在猪圈里。他抱起男婴，看看男婴，又看看那头老母猪，再看看男婴，最后看看那堆小猪仔……难道是老母猪生的？老母猪什么时候能生人了？不对，难道是哪只小猪仔成精了不成？哎呀，想到这里，李屠户竟有些紧张。他再一次端详男婴的脸，看到那男婴正对他咂么着嘴，看嘴型像是在叫他"爹"。

李屠户又惊又喜，这是上苍显灵了。他想要个儿子，神仙就赐给他一个儿子。他半辈子养猪，神仙就把儿子送到猪圈里。天意啊，天意。就在同一天里，李屠户竟儿女双全了。不管是不是亲生的，总之，他李屠户有儿子了。

"夫人！夫人！"李屠户三步并作两步往卧房跑去，他要第一时间把这个消息分享给夫人。男婴在他怀里一边颠簸一边笑，那一声声"爹"叫得越来越清晰了。

"哎，好儿子，好儿子！"李屠户说，"既然你是在猪圈里出生的，我有一个想法，从今往后你就叫朱圈生吧。李银刀，朱圈生，哈哈，我的一对好儿女哟！"

可惜夫人已经因为过度虚弱离开了人世，这给李屠户留下无尽的悔恨。从这一天起，李银刀和朱圈生成了有父无母的孩子。

李屠户再讲起这段经历时，已经是十几年以后了，两个孩子都已经成了大人。当朱圈生知道自己为什么姓朱不姓李，知道自己和李银刀不是亲姐弟的时候，并没有过分失望。在朱圈生的心里，李银刀终于可以光明正大地做他的梦中情人了，他想和她结婚。可是他知道，他生性像猪一样愚笨，不够聪明，也不够勇敢，银刀会看不上他的，所以他一直把秘密埋在心底没有说出口。

剧照

第二章

惊魂梦境

第二章 / 惊魂梦境

朱圈生只知道自己出生不凡,但不知道自己还有通灵的本事。这天中午,他正躺在院子里等待李屠户做午饭,肚子已经有反应了,午饭却还没有消息。也罢,对朱圈生来说,人生乐事一共有两件,一件是吃,另一件是睡,既然吃不成,那就好好睡个午觉吧。如果有武林睡觉大会,他朱圈生一定是头号赢家。

说睡就睡,朱圈生一秒钟闭上双眼,三秒钟响起鼾声,五秒钟进入梦乡,朦胧中走进了通灵世界。这是一个阴森气十足的广场,大批的小兵正拿着火把和兵器,对着一张空的王座整齐有力地跺着脚,喊着常人听不懂的号子。

嘿——嘿——嘿——

这混乱的喊叫听上去像一群此起彼伏的狼嚎。朱圈生意识到,他这是闯进贼窝了,眼下肯定是哪个土匪的山寨。好奇心驱使着他继续观望下去。借着火把恍惚的光亮,他看到了广场中央的一抹异常的红色,定睛一看,那是一个面容姣好的女子,身穿着大红的嫁衣,被绑在柱子上痛苦地挣扎着。朱圈生使劲挤了挤眼睛,他终于确认,红衣女子正是自家的银刀。

"银刀……"朱圈生轻声叫了一下,旋即想到可能暴露了自己,便捂住了自己的嘴巴。他想,到了万不得已的时候,他一定会出手的。

随着一声狂笑,一个身影飞速地从上空降落下来,不偏不倚刚好坐在王座上。朱圈生看到了大魔头那张满是横肉的脸,身体一个激灵,他有些犹豫自己是否对付得了这个魔头了。这时,一个野蛮性感的女子在大魔头身前扭跳起诡异的舞蹈。舞姿性感妩媚,像是某种妖术。朱圈生看着女子妖娆的身体,不由自主地吞起了口水。

现场仍是一片嘈杂混乱。就在这时候,李银刀第一个窥见了藏身的朱圈生,她已经受不了捆绑折磨了,大喊一声:"朱圈生,快出来救我!"

大魔头听到了李银刀的叫喊,止住了狂笑。什么猪圈?什么生?大魔头想要走到李银刀面前问个明白。他从王座上猛地站起身,凶光四射地向李银刀走去。

朱圈生听到了心爱的银刀在呼救,眼看着大魔头就要对她下手了,他没有多想,一个箭步冲了出来,大吼一声:"放开她!"

众小兵警觉起来,停止了欢呼,集中奔向眼前的不速之客。他们用长柄兵器将朱圈生压在了地上。大魔头见状仰面大笑,转而对着朱圈生呵斥道:"区区小辈,竟敢私闯我野狼帮,小的们,将他带出去剁成肉酱!"狂笑声接着又响起来,大魔头色眯眯地将手伸向李银刀。

朱圈生心里顿时涌满了无限的恨意,眼睁睁看着自己心爱的女子被恶魔霸占,是可忍,孰不可忍?这股怒气彻底改变了朱圈生。只见他陡然暴起,通身发光,以洪荒之力弹开了压在身上的兵器,飞上了半空。朱圈生自己也诧异这般超能力,他感觉到自己的整个身体瞬间变成了一头大野猪。

时间仿佛凝固了,飞天神猪定在了半空,大魔头也忘记了霸

第二章 / 惊魂梦境

占李银刀,而是和众小兵一齐仰面看去。大魔头等众人看到这等飞天神猪的奇观,一个个面露惊慌之色。

突然之间,在广场高处有个女神仙现身了。朱圈生并没有注意到时局有变,他以飞天神猪的功力,卷起一阵飞沙走石。神仙见状面不改色,静静飞到朱圈生身边,对他说道:"八戒,你终于醒了!"

在女神仙一声声"八戒,八戒"的呼唤中,朱圈生迷迷糊糊睁开双眼,才发现刚才只是一场噩梦。

"八戒,八戒……"呼唤声还没有停。

朱圈生抬了抬脖子,发现女神仙就压在自己身上,四处摸索。

"妈呀!你?你是梦里的……"

不等朱圈生说完,女神仙一边解衣服一边打断了朱圈生的话,她说:"八戒,终于找到你了,我找你找得好辛苦。这个地方又偏僻又难找,鬼知道你为啥投胎到这么个小村落里来了。你知道吗?方圆五百里,所有的村子我都找遍了。像是昨天,我到东边的铜锁村,找了好大一圈,哎呀,连村里的每一头猪我都翻过来看……"

女神仙还在解衣服,朱圈生不得不一边拉着她脱衣服的手,一边问:"这位姐姐,您是哪位?"

"我是哪位,你连我都不认得,真是的,八戒,我要给你一样东西,我跟你说,这样东西……"女神仙说着,继续脱衣服。

朱圈生说:"大姐,冷静点,你不是我喜欢的类型……我也不叫八戒,你认错人了!"

这可是在李屠户家里,银刀姑娘也在家中,要是被她看到了,朱圈生的节操可就要保不住了。朱圈生和女神仙死命纠缠,女神仙拼命想要脱衣服,朱圈生就用尽全力给她穿回去。

女神仙说:"你就是八戒,我不会认错的。"

朱圈生说:"你真的认错了,我是朱圈生!"

"朱圈生!"一声叫喊从远处传来。朱圈生扭头一看,是银刀姑娘闻声前来了。李银刀看到了朱圈生和女神仙纠缠在一起、衣衫不整的景象,心想,好一个无耻下流的朱圈生,竟敢在我家院子里做这种勾当。李银刀的心头半是羞耻、半是醋意,她眉头一皱,两把杀猪刀"噌"地一声提到手上,追上去就打:"我就说怎么一转眼的工夫就不见了,原来是和老女人私会来了!"

朱圈生急忙解释:"啊!误会误会!银刀,我不认识她呀!"

女神仙听到朱圈生这样说,很是无奈地说:"八戒,你怎么能这样说呢?你不认识我,我可是认识你的呀!"

李银刀听后,愤怒情绪更上一层,她说:"还不承认,人家都说认识你了!"

眼下,这个女神仙就是最大的祸害!朱圈生着急解释:"她认错人了!大姐,我连您姓什么都不知道,您不要害我好不好!"

女神仙从朱圈生身上站起来,一边穿好衣服,一边说:"也罢,机缘未到,不可强求!"说罢,女神仙以迅雷不及掩耳之势逃跑了。

李银刀回过神来,上前一下子揪住朱圈生耳朵质问:"那老

第二章 / 惊魂梦境

女人是谁？你们怎么认识的？敢说一句假话，我把你耳朵割了下酒！"

银刀姑娘表面温柔，野蛮起来却丝毫不输汉子，这揪耳朵的功力比那两把杀猪刀还要可怕，让朱圈生疼得直叫："啊啊啊！轻点轻点！我真的不认识她呀，我喜欢谁，你还不知道吗？刚刚还梦到你被坏人抓了，我变成一只大野猪去救你呢。"

李银刀说："呸！也不做点好梦，就知道诅咒我。你也就能变成一只猪！吃饭像猪，睡觉像猪，就连做梦都能变成猪！"

朱圈生用手去捂耳朵，说："耳朵快揪下来了！"

李银刀有些心疼朱圈生了，慢慢松开了手。她说："这次就先饶过你，要是再让我看到你和那个老女人在一起，你这一对猪耳朵就别想要了！"

朱圈生嘿嘿直笑。他一看到李银刀，这种憨憨的笑容就停不下来。跟银刀姑娘在一起，就算耳朵真的揪掉了也开心。

李银刀又说："我说你也真是的，一到干活就偷懒，除了吃就是睡，我爹当年怎么就从猪圈捡了你，整天好吃懒做，浪费粮食，没半点作用。"

朱圈生说："银刀啊，你怎么能把我说得这么一无是处啊，起码我很可爱呀。"朱圈生说完，用食指指着自己的脸蛋，继续憨憨发笑。

李银刀有些脸红地说："可爱你个头啊！"

两个人在院子里追打起来，朱圈生四处躲避，竟不去想自己还空空的肚子了。朱圈生认为野狼帮只是自己做的一场噩梦，并不知道自己在梦中产生了通灵。在最后和银刀姑娘的打闹中，他的猪脑子忘记了分析女神仙的来由。殊不知，这个梦境并非虚幻，野狼帮确有其地。

在野狼帮的山寨里面，有一个类似于马厩的露天建筑，这便是大魔头的练功处。大魔头自称狼王，率领一众小兵，平时无恶不作。

野狼帮里面正进行着一场酒宴。这天是狼王的大喜之日，四面墙上都张贴了大红的"囍"字，杂乱地挂了些红布，俨然一场婚礼的架势。可这天实际并不是婚礼，只是狼王借婚宴之名吞食新娘血肉的练功日，像这样的练功日，之前已经进行了九十八次了。在婚礼现场，大批的土匪小兵打着火把，交杯换盏，使整个建筑里酒气熏天。

狼王坐在高台中央的王座上，提着酒罐开怀畅饮。不时有小兵上前敬酒，把狼王灌到了微醉状态。

一个小兵端起酒碗，对狼王说："恭喜大王，这回又来新娘子了。"

"哈哈哈哈，同喜……来……干了……"狼王说着，打了个酒嗝。接着，又一口酒下了肚。

小兵说："大王，时候不早了，不如……把新娘子带上来吧。"

"好，"狼王说，"把……那个……如花姑娘……带上来！"

说罢，小兵向台下挥一挥手，一个红衣新娘被野狼女牵到了

第二章 / 惊魂梦境

高台下，狼王大笑着走下台去，来到新娘身边，顿时感觉十分尴尬，只见这新娘比自己还要高出两个头，狼王心生不满说："这是什么新娘子，怎么比老子个头还大！"

新娘尖着嗓子主动回答："回禀大王，人家是大长腿。"

狼王若有所悟，恢复了笑容，低吟道"原来如此"，而后低头一看，又皱起了眉头。只见红装之下，新娘露出的两只脚实在超级大，比成年男子的脚掌还要大几分。狼王又质问："这，这，这是什么脚？"

新娘又尖着嗓子解释："哎呀大王，大脚的女人有福。"

狼王说："好吧，我忍。"他接着去牵新娘的手，又是一脸错愕。只见新娘手上全是手毛，狼王大怒："这究竟是什么女人！"

新娘再一次尖着嗓子说："人家天生体毛比较重啦。"

狼王把酒杯一丢，转身就去拿大刀要砍人："我忍不下去了！"

野狼女连忙上前拦住他说："大王，大事要紧，您就委屈一下吧。"

她所说的"大事"，便是狼王的练功大业。只要再吃下第九十九个，就可以练成"玉女心丹"之术，成为无人能敌的万妖之王。狼王深呼吸一下说："也罢，我就再忍一次。"说着去掀新娘的盖头。盖头刚被掀起，新娘突然抽出一把桃木剑对着狼王直刺过来。狼王顷刻间醒了酒，意识到自己遇到了刺客，可他躲闪不及，被桃木剑直刺心口。

正在新娘得意之时，狼王突然大笑起来。新娘冷眼一看，只见剑虽然中了狼王胸口,却并没有真正刺进去,狼王毫发未损。新娘见势不妙,一个转身飞上桌子,拿着桃木剑挥舞了起来,口中念念有词——原来是一个打扮成新娘的男捉妖师。这架势吓得一众小兵连连后退,不敢靠近那桃木剑。

捉妖师一边挥舞桃木剑,一边怒斥道:"我赵乾坤假扮女人,就是要替天行道,除了你这个残害少女的妖怪!"

狼王冷笑道:"哼,那要看你有没有这个本事。"

赵乾坤大喊一声"看招",从桌子上飞起来,将桃木剑举向前方,冲着狼王刺去。双方展开大战,赵乾坤左刺右刺,始终触及不到狼王身体;狼王有了十足的功力积淀,而且已经醒了酒,此刻并不怕这桃木剑,旋即反守为攻,趁机提起大刀向赵乾坤的脑袋劈了下去。可叹这赵乾坤虽为伸张正义,但实在功力一般,回天乏术,根本不是狼王的对手,最终惨死在狼王的大刀之下。

狼王回到王座上坐下来,长舒一口气。众小兵见刺客已死,也大起胆来,聚集到台下。野狼女上前安抚狼王,转头又对小兵说:"快把尸体抬出去。"

狼王冷静下来,他想到了新娘的提供者——李铜锁。李铜锁是铜锁村的村长,由于害怕狼王打击自己,长期为狼王寻觅新娘,过去的九十八个新娘有近一半都是李铜锁带来的,从未出现问题,这次却险些要了狼王的命。狼王怒喝:"把李铜锁带上来!"

李铜锁被一众小兵拖到了现场。他磕头求饶:"大王饶命啊,我真的不知道是怎么回事,之前明明是个姑娘的。"

第二章 / 惊魂梦境

狼王才不听这一番解释,他已经被彻底激怒了,立即下令:"拖下去喂狗!"

野狼女上前抓住李铜锁,就要拖下。李铜锁大喊:"我们村里还有一个九阴童女!此人名叫李银刀,生辰八字全部属阴,没有嫁娶,十分适合大王练功。求大王饶过我一命,我马上把她献出来。"

狼王大怒:"李铜锁,你为何不早把人献来?"

李铜锁磕头说:"这李银刀家里是杀猪的,颇会些武功,我拿他不住啊!"

狼王轻蔑地一笑,对身边的手下野狼女使了个眼色。野狼女心领神会,上前抓住李铜锁的衣领说:"什么狗屁李银刀,我倒要会她一会!"说完,野狼女像提溜小狗一样提溜着李铜锁出了野狼寨。

几分钟的沉默后,狼王命人拉开了练功处的一道幔帐。幔帐缓缓开启,露出一个发光的大炼丹炉,地上散落着很多白骨骷髅,还有很多红色破布。不消多说,这些正是之前死去的九十八个新娘留下来的。狼王其心狠毒,可见一斑。

狼王对着上空的月亮说:"五天之后就是纯阴之日,只要再杀一个九阴童女,我就可以练成'玉女心丹',成为万妖之王了,哈哈哈哈……"

狂笑声穿透苍穹,回荡在夜幕之中。

剧照

第三章

狼女抓人

"银刀,你最喜欢的人是谁呀?"

朱圈生躺在李家院子的柴草堆上,对着怀抱中的小猪罗自说自话。他正幻想着向李银刀求婚的场面,由于不敢直接向对方提出来,便把小猪罗当成李银刀,做起了自己的白日梦。

小猪罗被朱圈生画上了胭脂,戴上了红花,甚是可笑。它哼哧的鼻息像是回答朱圈生的提问,朱圈生凑近了耳朵来听,半天也没听出个所以然。他继续追问:"快说,你最喜欢的人到底是谁?"

小猪罗眯了眯眼,继续哼哧作响。朱圈生便自己尖着嗓子扮作李银刀来回答:"当然是我的朱哥哥啦!"

"啊,朱哥哥也最喜欢银刀了!那银刀,你喜欢朱哥哥什么地方呀?"

朱圈生又自己回答自己:"朱哥哥长得帅,又可爱,我最喜欢他。"

"原来你这么喜欢朱哥哥呀,那你愿不愿意嫁给朱哥哥呀?"

朱圈生说到这里,自己幸福地眯起了眼睛,仿佛银刀姑娘就站在他的对面,已经把他当成了意中人。他沉浸在自己的梦里,几乎快要流下口水来。他继续自己回答自己:"我愿意!"可他没有发现,李银刀已经悄悄地走到了他的身后。

"那银刀,你有什么愿望吗?"

"我的愿望,就是和朱哥哥永远在一起——"

李银刀一把揪住朱圈生的耳朵,对着他的后脑勺大喊:"我

第三章 / 狼女抓人

的愿望是杀猪——"

这一叫着实吓倒了朱圈生。杀猪？他猛地反应过来，刚才的对话全都被银刀听到了。朱圈生大叫一声，从干草堆上站了起来。小猪罗从朱圈生的怀抱掉在了地上，趁机逃走了。

"朱圈生，你这个变态！"李银刀说着，将朱圈生脸朝下按在地上，骑在他背上一顿狂揍。朱圈生虽有一身力气，在心爱的人面前却一点也还不了手，他趴在地上，向银刀姑娘求饶："银刀啊，你放过我吧，我刚才说的话，都不是认真的。"

银刀姑娘听到"不是认真的"，不知为何更加气愤了。她继续揍地上的朱圈生。这时候传来了李屠户的叫声："银刀，圈生，来吃饭！"

李屠户笑嘻嘻地走进院子，手里拿着萝卜馒头，看到眼前的场景，觉得又可气又可笑，他说："你们两个快住手，开饭了！"

李银刀说："不行，我要揍完这小子！"

朱圈生大叫："李爹，救我！"

李屠户说："银刀，不要老欺负圈生，快过来，一会儿饭菜凉了！"

正在此时，有一群人突然冲进了院子。嘈杂声让李屠户愣在了原地，李银刀也松开了手，朱圈生从地上站起来，三个人纷纷向院门看去。进来的一群人中，为首的是李铜锁，后面跟着的人一个个面相凶恶，看着李家三口，亮出诡异的笑容。朱圈生尚不知道，这群人正是来自他梦境中的那个野狼帮，紧跟在李铜锁身后的便是野狼女。三人一看，必定是来者不善。李银刀最先警觉起来，立马掏出了两把杀猪刀。

李屠户拦了拦李银刀的手，向前问李铜锁："李村长，这是咋回事啊？"

李铜锁摆了摆手，说："野狼山的狼王又要娶媳妇，这回看上了你家闺女，放出话来说不送人就要把咱全村都咔嚓了。"李铜锁说着，做了个斩首的动作，继续说道："李屠户，为了全村人的性命，你们家就牺牲一下吧。"

"什么？狼王要娶我女儿？"李屠户吓得后退一步。

李银刀冲上前说："李铜锁，方圆百里已经送去了九十八个新娘，个个渺无音讯，那个狼王肯定是吃人的妖怪啊。"

李铜锁哼了一声，对李银刀说："李银刀，你一大龄剩女，彪悍得没人敢娶，狼王要娶你，那都是给你面子了，你可别敬酒不吃吃罚酒。"

"爹——"李银刀拉住李屠户的胳膊。

李屠户火冒三丈，对李铜锁说："我不许你这样说我女儿！李铜锁，你身为一村之长，不组织大家保卫村庄、对抗狼王，反而助纣为虐，根本不配做铜锁村的村长！"

野狼女说话了："好大的胆子，是谁要对抗狼王？"

李铜锁说："敬酒不吃吃罚酒，给我上！"

李铜锁双手一挥，身后的一帮泼皮小兵迅速冲上前。李银刀举起两把杀猪刀，舞得虎虎生威，不一会儿，一众泼皮便全部被

第三章 / 狼女抓人

打倒在地，捂着伤口哭爹喊娘。李银刀猛地回头一瞪："还有谁？"

李铜锁见状，吓得飞速躲到野狼女身后："狼女大人，她她她，她太能打了！"

野狼女向前走出三步，对李银刀哼了一声，说："还算有点本事。"说着，野狼女掏出一柄长剑，飞身上前，试图刺向李银刀的心脏。李银刀见状立刻躲闪，虽然没有刺破皮肉，可上衣被开了道口子。李银刀恼羞成怒，向野狼女发起反攻，杀猪刀与长剑碰撞出金属叮叮当当的响声，双方互不让步，从地上打到半空，又从半空打到地上。两人战作一团，看呆了所有人。朱圈生天性胆小怕事，见到这副架势，吓得躲在柴火堆后面，瑟瑟发抖，不敢出来。

几个回合下来，野狼女渐渐失去优势，步入下风。随后，野狼女开始使用妖力。一股玄幻之气将李银刀的双刀从手中打飞。众泼皮听从野狼女使唤，立马上前将还未恢复的李银刀捆绑起来。

李屠户扑上前去撕扯绳索："别碰我女儿！你们这些强盗！"

一个小兵将李屠户一脚踹倒在地上，接着，几个小兵簇拥上来，对李屠户拳打脚踢。

"去你的老不死的！"

李屠户躺在地上，看着李银刀哀嚎："银刀！银刀！"

李银刀挣扎叫道："住手！住手！别打我爹！"

朱圈生看到这个场景，终于急了。鼓起勇气，从柴火堆冲出来，手里拿着一根大锄头。大叫着冲向野狼女，野狼女转头一瞪，朱圈生手里的锄头便砸到了自己的脚上,疼得一阵阵嚎叫,抱着脚,单腿在院子里跳来跳去,颇为滑稽。野狼女等人哈哈大笑。李铜锁笑道:"这是他们家从猪圈里捡来的野种,大傻子一个,不用理他。"

说着,众人转身离去。

野狼女一边走一边吩咐:"李铜锁,把这丫头捆好了,明天一早送给大王。"

李铜锁谄媚道:"狼女大人,您先别急着走,我给您准备了一些您喜爱的小节目。"

两人走出院子。

抢人的队伍渐渐走远了,李家院子里又恢复了安静。李屠户一把抓住朱圈生的手,慢吞吞站了起来。眼睁睁看着自己的女儿被抢走了,李屠户十分焦急。怎么办?他能想到的办法,也只有依靠朱圈生了。李屠户对朱圈生说:"圈生,你天生神力,真打起来,没几个是你对手,但你就是胆子忒小……可这次,你一定要救救银刀啊。"

"啊?我?我咋救啊?"朱圈生问。

看着朱圈生根本没有献身的意思,李屠户故意夸张地捶胸顿足,他哀嚎道:"哎呀,我的命怎么这么苦啊,银刀娘走得早,我是一把屎一把尿把你们俩拉扯大啊,现在银刀被妖怪抓了,我也不活了呀!你,你,你朱圈生,一个人活着吧;我,我,我干脆上吊算了!"

第三章 / 狼女抓人

李屠户说着就拿起一根麻绳往自己脖子上套。朱圈生赶紧拦住他说："爹爹爹爹，你冷静点，我我我，我去救银刀。"

话音还没落下，李屠户立马停住了哭泣，一把丢下麻绳说："好！今晚就行动！我现在去收拾家伙！"说完，李屠户起身向里屋走去。朱圈生呆住了，他张大嘴巴，看着李屠户走进屋子，不敢相信自己刚才答应了下来。

话分两头。出了李屠户家院子后，李铜锁将野狼女等人带进了自家的院子里，摆下酒席，招待村里的壮丁和众泼皮小兵喝起庆功酒来。现场欢笑四起，酒气熏天，好不热闹。喧闹声中，李铜锁凑近野狼女问她："狼女大人，咱们献上第九十九个童女，大王是不是就大功告成了？"

野狼女说："那是当然，五天后，大王神功练成，就是万妖之王，天下无敌。"

李铜锁立即讨好地说："大王天下无敌，您自然是一人之下、万人之上，到时候您要是能在大王面前，给小的美言几句，小的一定加倍报答大人！"

野狼女拍着李铜锁的脑袋说："你乖乖听话办事，自然少不了你的好处……对了，你之前说好的'节目'在哪儿呢？"

李铜锁心领神会，拍拍手叫道："大壮！二壮！"

话音刚落，两个壮丁缓步走了出来。二人体型粗壮，带着高原红的脸颊都有些浮肿。野狼女怒斥道："这就是你说的'节目'？怎么是这种货色？"

李铜锁低声说:"小的不敢,狼女大人您消消气儿,实在是……年轻人都去城里打工了,村里长得好的壮丁不多了。不过……这两个可都是处男哦!"

野狼女一听,拍着李铜锁哈哈大笑,随后走到两个壮丁面前,看看这个,又瞅瞅那个。她摸着自己的下巴,露出一脸的色相。两个壮丁不由得有点发憷。

李铜锁对壮丁说:"狼女大人困了,你们扶她去休息吧。"

两个壮丁还在发抖。他们互相看看,觉得野狼女亢奋得很,一点都不像困了的意思啊。一个壮丁立马指出来:"村长,她根本不困啊。"

李铜锁说:"住嘴,我说困就困。哼,你又不是她,你怎么知道她不困?"

壮丁说:"你也不是她,你怎么知道她困了?"

另一个壮丁说:"你又不是我们,你怎们知道我们不知道她不困?"

李铜锁正要辩解,野狼女却已经听不下去了,她急不可耐地伸出两只手,一手抓住一个壮丁,美滋滋地把他们拖进了房间。李铜锁望着房门"嘭"地关上,露出了满意的笑容,而后使劲抿了一口鲜红的嘴唇。不久,房间里传来两个壮丁的挣扎声。

一个壮丁抱着柱子大叫:"不要!我已经有相好的了!"

另一个壮丁哭得梨花带雨:"嘤嘤嘤,你对人家温柔点!"

野狼女才不吃这一套,她狞狞地摸着其中一个壮丁的胸部说:

第三章 / 狼女抓人

"你们越挣扎，我就越兴奋！"

在院子里喝酒的其他壮丁们听到里面传来猥琐的声音，纷纷凑到门窗上偷窥。所有人都看傻了，一个个张大着嘴巴，像是一群雕塑。野狼女意识到了有人在看她，猛回头，一把将门推开，阴沉地说："看什么看？小心我把你们全部咔嚓了！"众壮丁连忙退下去，继续吃饭喝酒，装作什么也没有发生。门又一次"嘭"地关上了。里面传来两壮丁的惨叫：

"翠花，我对不起你——"

"救命啊！非礼啊！"

声音此起彼伏，里面掺杂着野狼女放浪形骸的欢笑。门外，一个壮丁实在忍不下去了，他问李铜锁："村长，你干嘛要讨好这个女变态？"

李铜锁说："嗨！你们这些人懂什么？我这都是为了大家好！你们可知道？野狼女是狼王的亲信，咱们把她伺候好了，等狼王成了妖王，哼哼，还有谁敢欺负咱们铜锁村的人？你们说，是不是？"

壮丁们听着似有道理，但又觉得哪里不对，也说不清是哪里不对。院墙外，朱圈生和李屠户悄悄躲着，听到了他们的谈话。两人对视了一下，心有灵犀地走到一处无人的墙边。两人一拍即合，觉得这是解救李银刀的大好时机。

"上去！"李屠户压低声音，示意朱圈生跳墙进去。李银刀就在墙里面。

朱圈生抬头看看墙头，摇了摇头。他小心地迈了迈腿，根本迈不上去，便哭丧个脸说："太高了，跳不进去。"

李屠户见状，再一次捶胸顿足起来："哎呀，我的命怎么这么苦啊，银刀娘走得早……"

朱圈生说："停停停，爹，你别哭了，我跳还不成嘛！"

朱圈生扭动着肥胖的身躯，左扭一下右扭一下，艰难地翻到了墙头，他小心地望了望四周，没有人发现自己，于是立马跳进了墙里。可不曾想，有一个巡逻的壮丁刚好就走到墙下，刚才没被朱圈生看到。壮丁见有人翻墙，立马就要喊人过来。朱圈生急匆匆堵住壮丁的嘴，见壮丁使劲挣脱，便一把将他压在地上，用拳头击打他的头部。朱圈生打出了一套连环拳，直到壮丁躺在地上不省人事。

墙外，李屠户听到了莫名其妙的动静，就悄声叫问起来："圈生？圈生？里面是什么情况？"

朱圈生站起身，呼出一口气说："没，没事；我，我进来了。"

李屠户说："好的，我这身子骨就不进去了；你快去里屋，把银刀带出来，我在这里接应你们。"

剧照

第四章

李屠户遇难

第四章 / 李屠户遇难

壮丁们还在院子里吃肉喝酒，个个酩酊大醉，没有一个人发现朱圈生闯了进来。李银刀被村长李铜锁单独关在一间屋里，手和腿都被绳子捆着，嘴巴也被塞进了一团棉布，煞是难受。这时候，朱圈生悄悄溜进了屋里。

"银刀？银刀？"朱圈生悄悄问着。

李银刀听到朱圈生的声音，激动地要从床上站起来，可是身上被五花大绑，动弹不得。她急中生智，趁着院子里的壮丁发出一阵欢呼的噪音，用脚蹬翻了床头的一只陶罐。只听当啷一声，陶罐碎在地上，朱圈生闻声而来，发现了床上的李银刀。

李银刀嘴里的布被拔了出来，她大为惊喜："圈生圈生，我就知道你会来救我。"

朱圈生继续给李银刀松绑，他说："是我，我带你出去。"

李银刀问："爹爹呢？他现在怎么办？"

朱圈生答："银刀你放心，爹爹在墙外面把风，咱们三个一块逃出村子，再不回来了。"

朱圈生一边说着，一边继续给李银刀松绑。他的动作太愚笨，半天也没有把绳子解开。松绑松到一半，门外突然响起了李铜锁的笑声，声音十分猥琐。

李铜锁隔着门窗说："小银刀，睡了没呀，铜锁叔来看看你好不好呀？"声音里带有十足的调戏味道。

朱圈生心里一团乱，急得到处乱转，他小声问："糟了糟了，我怎么办？我该躲到哪儿？"

李银刀干脆地说:"没有工夫了,就躲到被子里。"

情急之下,朱圈生把床上的被子一掀,将自己和李银刀一起盖住,躲藏起来。无奈被子既单薄又窄小,两人争来争去,最后身体挤在一起,被子刚刚能盖住两人,十分尴尬。

李铜锁刚刚和壮丁们喝过酒,醉醺醺地走进了屋子,见到床上被子盖住了好大一块,便揉了揉眼睛。只见眼前的物体开始重影,一会高一会低,他以为自己喝多了看花了眼,便也没有起疑心。

李铜锁搓着手,嘿嘿笑着向床边走去:"咋这么早就睡啦?起来陪——陪铜锁叔叔说说——说说话呀!"

被子里没有回应,两个人在里面一动不动,生怕被李铜锁识破。李铜锁更进一步,坐到了床头上,伸手触摸被子鼓起的一大包:"小银刀,其实呀,铜锁叔叔呀,可是从你小时候就喜欢你,你说你呀,长得——又机灵,又可爱,太惹人疼了。我今天就……"

李银刀听到这句话,瞬间感到李铜锁下流无耻,他气得要钻出被窝,狠狠扇李铜锁几个耳光。朱圈生急忙拉住她,摇头示意李银刀不要出声,他继续悄悄地给李银刀松绑。

李铜锁按捺不住心里火热的欲望了,他把手伸进被窝里,想要触摸李银刀的身体,结果一下摸到了朱圈生的胸口上。李铜锁眼前一亮,面露笑容,细声笑道:"哎呀哎呀,小银刀,没想到你的料这么足啊。李屠户可真会生闺女,快点,快让铜锁叔再摸摸,不然就这样给那个狼王妖怪拿了去,也太可惜了。"

被窝里,朱圈生被摸得十分尴尬,可也只能忍耐,同时手上

第四章 / 李屠户遇难

加快速度给李银刀松绑。李铜锁还在摸索着，结果把朱圈生的大内裤给摸了出来。李铜锁把朱圈生的大内裤拿在手里仔细端详，看着感觉奇大无比，他说："小银刀，你的裤衩，咋比桌布还大？"说着心生疑问，看出破绽，立马就要去掀开被子。

这时候，朱圈生已经给李银刀松了绑，两人同时掀开被子，猛地站起身来。李铜锁见到眼前这幅景象，大吃一惊，他正要大叫外面的人进来，朱圈生一把夺过自己的内裤套在李铜锁头上。李铜锁被异味冲击得一顿干呕，而且眼睛被蒙上了，什么也看不见。李银刀借势上去猛揍李铜锁。

"王八蛋！大色魔！"李银刀怒骂道。

很快，李铜锁这把老骨头就快被李银刀打散架了，他瘫倒在地上，晕了过去。朱圈生拉住还在打人的李银刀，催促她："够了够了，快点走！"

李银刀站起身，走到墙边取下自己的两把杀猪刀。两人偷偷溜出了屋子。

二人悄悄推开门，发现壮丁们还在喝酒，有几个已经醉得不省人事。二人决定原路返回。刚拐过一个弯，却发现三个泼皮正在撒尿。三个小兵站成一排，背对着朱圈生二人。

其中一个说："哈，就尿这么点距离，一看就是肾虚。"

另一个说："你行你来啊，看你能尿多远？"

刚才那个又说："来就来，输了的，请一个月酒。"

朱圈生听他们正在比赛谁尿得远，非常想知道比赛结果，便停在了原地不动。李银刀见状,用力拉了朱圈生一把,让朱圈生一下没有站稳,踢翻了旁边的一堆木头。木头落地发出的响声惊动了三个小兵。朱圈生二人急忙蹲下,藏在了剩下的木头堆后面。

"谁?"有个小兵回头叫道。

这小兵准备走过去一看究竟,却被旁边的小兵拉住了胳膊。旁边小兵取笑他:"别走啊。到底有没有尿啊?是不是不想比了?"

听到动静的小兵听到这话,忙回过头来又摆出撒尿的姿势。比赛继续下去。李银刀拉着朱圈生匆忙往墙角跑。

到了墙角,朱圈生低声对李银刀说:"翻过去。"

李银刀身手矫捷,飞一般地翻上了墙。接下来轮到朱圈生,他身材肥胖,只能一步一步往上翻。翻到一半的时候,突然发生了异常状况:头上套着内裤、鼻青脸肿的李铜锁醒了,他从屋里冲了出来。

李铜锁大喊:"李银刀跑了!李银刀跑了!"

李铜锁一抬头,突然发现了正在爬墙的朱圈生,他一边往墙头跑一边继续大喊:"快来人呐!他们在这儿!"

听到李铜锁的喊叫,正在喝酒的众人瞬间惊醒,意识到了大事不好。野狼女也打开了大门,冲到了院子里。顿时间,一股杀气盖过了酒气。所有人纷纷冲向朱圈生所在的墙角。朱圈生回头一看,这么多人都在向他冲来,吓得又一头栽到了墙角。他慌忙站起来,开始第二次尝试爬上去。

第四章 / 李屠户遇难

"快，快！"李银刀在墙头上催促，他把手递给了朱圈生。

朱圈生从没有感到李铜锁家的墙是如此之高。他以极其慌乱的脚步向上攀登，终于够到了李银刀的手。

"你真是一头猪啊，怎么这么重！"李银刀吃力地拉着朱圈生。这时候，一众人已经跑到了墙下，冲在前面的壮丁试图拽住朱圈生的腿，把他拽下来，但却只抓住了朱圈生的一只鞋。这只鞋被壮丁扒了下来，一股迷幻之气熏散开来，站在前面的几个壮丁被臭得纷纷倒地。

朱圈生已经站到了墙头，他回头叫道："妈呀，有那么臭吗？"

李银刀抓住朱圈生，一个翻身滚出了院墙。

朱圈生、李银刀和李屠户会面，父女两人拥抱在一起，庆幸身体没有受到伤害。突然，朱圈生叫道："他们追来了！"

李屠户和李银刀顺着朱圈生指的方向看去，李铜锁带着一群泼皮从大门处冲了出来，他们手里拿着火把，嘴里哼哧乱叫，脚下健步如飞。三人见状，急忙向远处狂奔。

眼看追兵离三人只有三五米远了，朱圈生见三人一起跑实在太慢，尤其是爹爹这把老骨头在拖后腿。他索性一手扛起李银刀，一手扛起李屠户，极速飞奔起来。这速度如同骏马奔腾，速度快得让人难以想象。众泼皮和李铜锁被甩得越来越远，已经无法追上了。

朱圈生累得呼哧呼哧直喘，等到李铜锁一众人的声音越来越小，小到听不见的时候，朱圈生才把速度放慢下来。就在三人以为事态安全的时候，野狼女突然一个翻身，站在朱圈生的面前，拦住了他的去路。

"好你个李银刀，你是我见过的第一个敢逃走的新娘子，我要让你付出代价！"野狼女怒叫。

李银刀要求朱圈生把自己放下来。等到双脚落地，她立马拔出两把杀猪刀来，冲上前去就要跟野狼女拼命。

"银刀，不要啊。"朱圈生和李屠户齐声劝阻。可是已经来不及了，李银刀已经冲到了前面。他举起双刀，向野狼女的双眼刺去，野狼女迅速躲闪开，等到李银刀冲过去后，一拳击在了李银刀的后背上。

李银刀在重击之下跪在了地上，半天没有恢复过来。野狼女见正是攻击的最好时机，便要冲上前去拿住李银刀。李屠户识破了野狼女的目的，他突然冲上前去，一把抱住了野狼女的大腿，大叫道："银刀，和圈生快跑，不要管我！"

李屠户用尽了全身的力气，让野狼女无法冲上前去。野狼女顿时怒火中烧，狠狠击打李屠户的后背。没过几下，李屠户口中吐出了鲜血。

李银刀大叫："爹！"

李屠户一边吐着血水，一边催促李银刀："你们……快跑啊……"

李银刀舍不得丢下爹爹一人死在这里，愤怒地站起身来，对野狼女说："我和你拼了！"说着就要上前拼命。

第四章 / 李屠户遇难

李屠户看见后,转头对朱圈生说:"圈生,你快拦住银刀,快带她走啊!"

朱圈生见状,一把抓起李银刀扛到肩上,向远处跑去。李银刀不断地大叫"放我下来",她使劲踢打朱圈生的后背,可朱圈生就是不放开她。二人终于跑远了。

这时候,李铜锁和众泼皮赶到了现场,没有发现李银刀的身影。眼看着野狼女发怒,就要对李屠户下杀手,李铜锁及时出手拦住。

野狼女质问:"怎么回事?你要为这狗畜生说情不成?"

李铜锁回答:"狼女大人息怒啊,您且慢动手,把李屠户弄死了,人就真的跑了。只要这老不死的在咱手里,李银刀早晚得回来。"

野狼女想了一下,豁然开朗,称赞李铜锁想得周全,转而把李屠户打昏过去。野狼女对着天空大喊:"李银刀,你爹在我手里,你要是不回来,我就把他五马分尸!"

夜来临,火光闪烁的铜锁村,一支穿云箭刺破了夜空。这是野狼女发出了信号,向狼王传达李银刀逃跑的消息。在这时候,朱圈生已经扛着李银刀跑了太久太久,看到天空飞过的穿云箭,朱圈生停下了脚步,他对背上的李银刀说:"银刀快看,天上有流星哎。"

李银刀才没有心情看什么流星,她挣扎着:"你快把我放开!"

朱圈生走到一棵树边,把李银刀放了下来,自己累得大喘气。

李银刀刚被放开就要往回走，朱圈生急忙把她拦住。

"你放开我，我要去救我爹！"

累趴在地上的朱圈生揪住衣角，死活不让她走。

朱圈生说："爹爹是不会允许你回去的。"

李银刀说："我不管，我一定要救他。"

朱圈生说："你救不了，狼王可是吃人的妖怪，回去只能是死！"朱圈生在这时候突然变得聪明起来，这不是源于他的智慧，而是源于他想要保护心爱的人的欲望。

李银刀依旧挣扎："我就是不管！我就是要回去救我爹爹！你放手！"

朱圈生又上前一步，死死抱住李银刀："不放，不能让你白白送死！"在这之前，李银刀说什么他都毕恭毕敬地听着，要他做什么他就做什么，能怎么样就怎么样，可是这时候，他拒绝了李银刀的要求。他坚定地说："不放！就是不放！"

李银刀气到了极点，她还在奋力挣脱，羞辱朱圈生一样地说："不是你亲爹，你怕死不去。你不要拦我！"

朱圈生听了这句话，心像被刀子扎进去一样。他一把松开了李银刀。李银刀大步向着铜锁村跑去，还没跑几步，只听一声尖叫，她掉进了流沙里。

"朱圈生！"李银刀大喊，"朱哥哥！"

朱圈生也大喊："银刀！"他连忙赶过去说："把手给我！"

朱圈生伸出手，要把李银刀拉上来，但一直够不到。

第四章 / 李屠户遇难

"近点……再近点……"

朱圈生身体慢慢向下探,慢慢接近李银刀举起的右手,就在指尖接触的一瞬间,流沙突然动了,慌乱间,朱圈生也掉了下去。

"啊!现在可怎么办?"朱圈生叹气道。

"爹爹要被狼王杀死了……"李银刀也在叹气,她转头对朱圈生说,"你快想想办法啊,快想想我们怎么出去。"李银刀虽然知道朱圈生愚笨,可这时候还是撒起娇来,在她生命的每一个难处,朱圈生总能助她一臂之力。

朱圈生想了半天说:"有了。"

"怎么办?"李银刀问。

"我们喊救命吧!"朱圈生说。

李银刀用力拍了下朱圈生的脑子,责骂他:"猪脑子,这还用你想?"

没有别的办法,两人只能在流沙深处大喊"救命",期待有人能够听见。可惜他们跑得太远了,跑到了一个人迹罕至的地方,根本没有任何人听到他们的呼救。他们叫了半天,嗓子也快哑了,还没有看到半点希望。渐渐地,声音越来越弱,两人实在叫不动了。

"我们不会死在这里吧……"李银刀问朱圈生。

朱圈生沉默了,不知道说什么来安慰李银刀,他没有别的办法。一阵长长的沉默,两人绝望地望着头上的夜空。

李银刀说:"你说,你刚才看到流星来着?"

朱圈生说:"嗯,只看到一颗,已经飞过去了。"

李银刀说:"可惜了。要是流星上住着哪位神仙能听到我们呼救,他一定会落到这里来救我们的。"

朱圈生问:"流星上也会有神仙吗?"

就在这时,在天空的暗黑深处突然出现一个如同流星的亮点,慢慢拉长成为一道金光,越来越亮,明晃晃地刺激着两人的双眼,仿佛整个沙坑都被照亮了。那束光直冲向沙坑而来。

剧照

第五章

女神仙之路

第五章 / 女神仙之路

金光向沙坑汇聚,渐渐收束起来,最后化作女性身影。朱圈生和李银刀待光线减弱,不约而同地瞪起眼睛,他们都认出了眼前之人:正是那日在院子里准备"非礼"朱圈生的女神仙。神仙看出了两人的猜测之心,微微一笑,旋即大手一挥,使时光瞬间倒转,朱圈生和李银刀被一股看不见的力量拉出了流沙。

朱圈生和李银刀终于得救了,乐呵呵地拍打掉身上残留的沙尘,转身看向女神仙。李银刀先开口问:"你?你不就是那天那个老女人……"

女神仙听完,脸上直冒黑线。她用一声咳嗽打断了李银刀,然后故作严肃地说:"休得无礼。小姑娘怎么说话呢,说谁老呢,说谁老呢?我哪里老了?"

朱圈生还记得这老女人给自己造成了不小的误会,便问她:"你你你,你到底是人是鬼,为什么'嗖'地一下,我们就出来了?"

女神仙摇了摇头,说:"八戒,现在你相信我的话了吧?"

朱圈生问:"相信什么呀?"

女神仙回答:"相信你是天蓬元帅转世啊,你此次下凡历劫,我是奉命来接应你的。"

朱圈生冷笑一声:"哼,我看你会妖术,不会是狼王派来的奸细吧?你不要再骗我了。"

女神仙忙回答:"八戒,你好好看看我,我到底哪里像妖怪了?你倒是说清楚,我怎么会是妖怪呢?你见过长得像我这么好看的妖怪吗?"

这贫嘴的女神仙一边说话一边向朱圈生逼近，把朱圈生吓得连连后退。李银刀此刻并无心参与，她还惦记着自己的爹爹，转身就要走："神经病，我要去救我爹！"

朱圈生赶忙追上李银刀说："银刀，你不能去！"

女神仙也赶忙追上朱圈生说："八戒，你也不能走，我的话还没说完呢……"

朱圈生一把推开身后的女神仙说："大姐，我现在没空听你啰嗦！"

朱圈生说完，继续向前追随李银刀的脚步。女神仙叹了口气，开口念了一声"定"，正在奔跑的李银刀突然停在了原地，一动不动，只有两只受惊的眼睛转来转去。朱圈生见状大受震惊，三步并作两步跑到李银刀的跟前。

"啊，银刀！银刀你怎么了？"见银刀无法说话，朱圈生回头对那女神仙呵斥道："你你你，你到底是人是鬼，你……你把银刀怎么了？"

女神仙一脸无辜的样子，说："八戒，不把她定住，你是不会好好听我说话的。我不是人，但也不是鬼，我是天上的女神仙。你放心，我不会伤害你们两个，等我说完话，我就会给她恢复原状。我可是有一肚子话要说的……"

朱圈生突然来了急脾气，催促女神仙说："大姐，你到底要说什么呀？"

女神仙想了想说："我要说的，都已经说了，只是你不相信

第五章 / 女神仙之路

而已。"

朱圈生一脸不信，他笑着说："你可别开玩笑了，我要真是天蓬元帅，现在就飞过去杀了狼王，救出我爹了，还会沦落到这步田地？"

女神仙继续说："八戒呀，你就是如假包换的天蓬元帅。只是你投胎到凡间，法力就被封印住了，自然没法使出来，我从天上下来，就是要指引你渡劫的，要不是你一直在这里啰啰嗦嗦的……"

朱圈生听了不接受，他说："明明不是我啰啰嗦嗦，是你啰啰嗦嗦……"

女神仙回道："不是我，是不是我……哎，总之都怪你不好好听我把话说完，你看你又打断我，我早就想告诉你怎么消灭狼王了，就是你一直在那里啰啰嗦嗦不给我机会我才……"

朱圈生又打断她："不是我啰啰嗦嗦，是你是你是你……"

女神仙不想再争下去了，她生气地看着朱圈生说："哎呀吵死了，不管是谁啰啰嗦嗦，你现在就告诉我，你想不想知道怎么消灭狼王？"

朱圈生说："你倒是说啊！"

女神仙说："我现在不想说了。"

朱圈生急了，上前抱住女神仙的大腿求她："大姐！不，神仙姐姐，你不要开玩笑了，你告诉我吧！"

女神仙再一次向朱圈生确认："那你相信自己是八戒了？"

朱圈生说:"相信相信,别说八戒,九戒十戒都行。"

女神仙回答:"办法就是,去白云城找一个带有'娘娘腔'的捉妖师,找到他,就可以打败狼王,渡过劫难。八戒,该说的我可是都说了,剩下的就要靠你们自己去完成了,后会有期!"

女神仙说完便摆摆手,挥挥衣袖,飞上了天去。她大概是担心朱圈生又跟她啰啰嗦嗦起来,飞走的速度比来时更快了。这时候的朱圈生听得半懂不懂,他向女神仙喊:"等一下,女神仙,你说什么娘娘腔,说清楚再走啊!"

他还想再问,可是神仙已经消失无踪了。与此同时,李银刀的定身术也被解开。朱圈生对李银刀说:"银刀,你听见她刚才说的了吗?神仙让我们去白云城找一个娘娘腔的捉妖师。"

李银刀说:"你就那么相信她的话吗?万一她不是神仙,是妖怪呢?"

朱圈生反问道:"如果是妖怪,她干嘛要救我们?直接让我们死在流沙里不就好了?"

李银刀坚持要走,她说:"我还是觉得那个老女人靠不住。"

朱圈生一把拉住她说:"银刀,你冷静一点,你觉得你现在回去,能救出爹吗?只会把自己也搭进去。你好好想想,爹可是为了救你才被抓的,你现在回去送死,岂不是让爹爹白白牺牲?爹爹知道的话,他是不会同意你这样去送死的。"

难得朱圈生这次动了脑筋,一番话说完打动了李银刀。她哽咽着说:"那你说怎么办?"

第五章 / 女神仙之路

朱圈生说:"听神仙的,去白云城找捉妖师。"

李银刀还在犹豫。朱圈生继续说:"没别的办法了!她要不是神仙,怎么会嗖嗖地出来把我们救了?我在梦里梦到过她,她就是神仙。"

李银刀看着朱圈生两颗坚定的小眼球,看了很久,最后回答他:"好,去白云城!"

在铜锁村,野狼女率领一众小兵回到李铜锁家中。她正为了李银刀逃跑的事情怒火中烧,呵斥李铜锁说:"都怪你,把他们灌得这么醉,关键时候让李银刀给跑了。"

李铜锁跪在地上连连磕头,请求狼女大人饶命。他十分后悔,早就知道把李银刀供出来做新娘本身不保险,李银刀的武功了得,十有八九会出岔子。可要是他不供出来,狼王当时正缺新娘,怒在心头,肯定要了他的狗命。他也是进退两难,只能眼睁睁看着事情走到这一步。可是野狼女根本不会听他辩解。

"狼女大人饶命啊,都是小的办事不利,小的罪该万死,还请狼女大人饶了我的狗命吧!"李铜锁连连磕头道歉。头磕破了,血印在了地面上,野狼女也不让他停下。

作为找回李银刀的筹码,李屠户被五花大绑,放在了墙角。为了避免李屠户逃走,野狼女安排两个小兵守在李屠户身边。可是这时候就算没人看守,李屠户也逃不掉了,他躺在地上直喘粗气,刚被打出血,吐过的身体损耗了大量元气,根本站不起来。

野狼女斜眼看了下李屠户,说"给我把他看好了,有这老东西在，我就不信找不到李银刀！"

李银刀逃跑的消息很快传到了狼王练功处。

消息传来的时候，狼王正在练功处跳舞。他的舞姿十分扭曲，嘴里念念有词，像是巫婆在施展某种法术。这是狼王日常的练功方式，他通过跳这种特殊的舞蹈增加功力。这天的舞蹈跟以往有很大差别，据说是狼王刚刚创新出来的。只见他屁股撅起，腹部收紧，仰面噘嘴，双手举过头顶，像是对着空气一阵狂吻。看到这副架势，有一个在旁边为狼王站岗的小兵没有忍住，噗嗤一声笑了出来。

狼王立刻停止练功，回头对着两个站岗的小兵怒声问道："嗯？刚才是谁在笑？"

两个小兵一起猛烈地摇头，几乎要将脑袋摇下来了。他们预感到小命不保。

狼王说："不说也可以。那就一起死吧。"

那个没笑的小兵指着刚才笑出声的小兵说："大王饶命，是他，是他取笑大王。"

笑过的小兵急忙跪下："大王饶命，小的再也不敢了。"

狼王凝视着他，一副阴森森的表情，一步一步慢慢走向这个小兵，在他身前站住，摸着他的头说："没事，下辈子，小心点。"

狼王说完一挥手，旁边的卫兵会意，将小兵拖了下去。在一阵越来越远的"饶命"声之后，一道血光飞溅出来，小兵惨叫着死去。

所有小兵全都沉默了，大家都知道狼王正在气头上，这时候谁再弄出动静，那就是求死的信号了。狼王回到刚才的位置，准备继续他的舞蹈。动作刚刚摆好，一支穿云箭极速飞来，不偏不倚落在了狼王的面前。这正是朱圈生夜里看到的"流星"。狼王将箭拔出，解下上面的字条仔细盯着看，看得越久，眉毛就皱得越紧。身边的小兵都看出来了：大事不好，野狼女办事不顺。

只见字条上写着："事情有变，李银刀逃走，野狼女上。"

一阵沉默之后，狼王仰面狂啸。纯阴之日就要到来，如果新娘抓不到，天下无敌的美梦可就泡汤了。他将字条揉成团，狠狠地扔了出去。

怒吼声消散之后，练功处如一潭死水一样寂静，没人敢吱声。就在所有小兵畏首畏尾的时候，有一个小兵战战兢兢地站了出来。大家都清楚，这时候站出来说话，说得好了，狼王高兴了则必定有赏；说不好，唯有砍头喂狗的下场。小兵颤抖着走到狼王跟前说："大，大，大人……小的大概知道了是什么情况，小的……倒是有一计策，不知该讲不该讲……"

狼王头也不抬地说："说说看。"

小兵胆子大了三分，说："大王必定也想到了，那鬼方圣手孙仙郎，找人的功夫可是一流，依小的看，不如就让他……"

狼王听后大笑，命身边人奖赏了小兵。随后吹了一声口哨，将孙仙郎召唤出来。

孙仙郎从黑暗中走出来说："大王，您找我。"

狼王说:"孙仙郎,我相信你找人的功夫,现在限你三天时间,把李银刀找出来,带到我面前。"

孙仙郎说:"三,三天时间……"

狼王说:"没错,就三天时间。要是三天找不到,误了我的纯阴之日,那你可就等着受死吧。"

孙仙郎立即答"是",领命而去。

孙仙郎找到李银刀的地方,正是女神仙口中提到的白云城。李银刀与朱圈生按照女神仙提供的信息,一路找到了刻有白云城三个大字的城门。两人惊喜不已,一路跑进了城门,城内人群川流不息,街上煞是热闹。朱圈生对着眼花缭乱的摊点左看右看,最后在一处馄饨摊面前停了下来。

"银刀,你饿不饿?"朱圈生问。

"不饿。"李银刀答。

朱圈生很失望,他其实是自己饿了,可又不好意思直说。李银刀看透了朱圈生的心思,努了努嘴,从兜里掏出几粒银两,准备向摊主付钱。

"呐!我身上就这些银子了,只够买一碗,你来吃吧。"

"我要和银刀姑娘一起吃。"朱圈生撒起娇来。

就在这时,朱圈生看到了馄饨摊中一个满脸横肉、胡子拉碴的壮汉,一身道士打扮,身边立着一根招魂幡,很像一名捉妖师。朱圈生急忙走上前去,用一双肉肉的大手上前拍了拍壮汉。正在狼吞虎咽的壮汉猛一转身,倒吓了朱圈生一跳。

第五章 / 女神仙之路

壮汉瞪着一双燃烧着凶焰的眼睛问:"何事?"

朱圈生和风细雨地回答:"大哥,嘿嘿,你是不是捉妖师啊?"

壮汉嘴角一翘,放下碗勺,猛竖起大拇指说:"有眼光,我就是。"这个拇指又吓了朱圈生一跳。

朱圈生弯下腰,凑到壮汉的耳朵边问他:"那你是不是娘娘腔?"

壮汉听完,猛地一拍桌子站起身来。这一声拍桌差点把胆小的朱圈生吓出尿来。就在朱圈生去摸自己裤子有没有湿的时候,壮汉突然一改脸色凑上前来,用小拳拳捶打朱圈生的胸口。壮汉说:"讨厌啦,人家都这样啦,还说人家娘。"

壮汉说完,捂着羞红的脸跑开了,摊主高喊壮汉没有付钱,可是人已经找不到了。朱圈生还半天才反应过来是怎么回事,他抱着一线希望继续询问其他客人。

"您是不是捉妖师?"

一个客人回答他:"不是不是,一边玩儿去!"

"您是不是捉妖师,有没有娘娘腔?"

另一个客人回答他:"神经病,你才是娘娘腔!"

朱圈生就这样挨个问下去,总觉得在这个馄饨摊上能碰上那个娘娘腔的捉妖师。李银刀靠在摊位的支柱上,连连摇头。这么大一座白云城,怎么可能一进城就找到捉妖师?怎么可能就在这个馄饨摊上?他俩要吃的苦头,还多着呢!

第一大苦头就是跟踪他们两人的孙仙郎。孙仙郎就在离馄饨摊不远的角落里，戴着斗笠，穿着披风，正假扮成一般的客人在喝茶，实则偷偷观察朱圈生和李银刀。

朱圈生十分沮丧地来到李银刀身边，说这里的人都不是娘娘腔。李银刀虽然早料到了结果，可还是露出几分沮丧。两人在一张空桌前坐下来，店小二端着一碗热气腾腾的馄饨过来了。

李银刀问朱圈生："你还相信那个老女人吗？哪会有娘娘腔的捉妖师？"

朱圈生说："再找找，肯定有，就是不知道去哪里找。"

说者无心，听者有意。站在一旁的店小二听说两人要找捉妖师，立刻插话道："找捉妖师的话，去捉妖会馆啊。"

这一交谈，两人和店小二熟络起来，店小二知道了两人的处境，决定跟摊主再免费送一碗馄饨。朱圈生两人连连道谢，吃完馄饨便向着捉妖会馆赶路去了。

剧照

第六章
捉妖会馆

第六章 / 捉妖会馆

两人边走边问,终于走到了一个破败的屋子门口,可就是找不到捉妖会馆的标志。目光所及,只有一个大爷坐在一块破旧的木板上,晒着太阳,抽着旱烟,十分惬意,仿佛没有看到二人到来。

李银刀觉得不对劲,对朱圈生说:"这是什么鬼地方,你确定咱们没走错?"

朱圈生说:"确定,就是按店小二说的,一路问着走过来的嘛!"

朱圈生突然想到了眼前坐着的大爷,便走上前去问他:"大爷,您是娘……您知道捉妖会馆在哪吗?"

那大爷瞪大两只小眼,直接把朱圈生的话怼了回去。她说:"我不是你大爷,也不是你娘。"

是女人的声音。朱圈生这才反应过来,错判了眼前大妈的性别。不过倒也难怪,他这一身男性装扮,真是有些不同寻常。白云城的大妈还会抽烟呐!

朱圈生问:"大娘,大妈……难道您就是娘娘腔吗?"

大妈回答:"我是女人耶,女人不娘娘腔,难道爷爷腔?"

朱圈生又问:"那您知道捉妖会馆吗?"

大妈回问:"啥啥啥?幺鸡会馆?"

朱圈生十分尴尬,尽量一字一顿地把话再说一遍:"不是幺鸡会馆,是捉妖会馆。"

大妈又回问:"马杀鸡会馆?这儿没有。"

朱圈生恨得直摇头,又说一遍:"不是马杀鸡,是捉——妖——

会——馆。捉迷藏的捉，妖怪的妖，捉妖会馆！"

大妈恍然大悟，回答朱圈生："年轻人，马杀鸡做太多，对身体不好。"

李银刀这时候也走上前来，说："别问了，这老太婆明显是耳朵不好。"

大妈突然从木板上跳起来，怒骂道："谁叫我老太婆？你耳朵才不好，你们全家耳朵都不好，我耳朵好使着呢，谁说我坏话，我一字一句都听得见！"

李银刀愣在了那里，十分尴尬。朱圈生这时有了意外发现，他拉了李银刀一把，食指指向地上那块木板。李银刀顺着朱圈生手势看去，只见木板上赫然写着"捉妖会馆"四个字。原来身前这破败的屋子就是捉妖会馆，招牌在老太婆屁股底下坐着呢。

朱圈生和李银刀不再理老太婆，直接走进了面前的破败楼房。越向里走，光线越弱，一股诡异的气氛弥散在空气里。两人看到，会馆里的人杂七杂八，行为怪异，有一个胸口纹着降魔圣手，一个背后插着大旗，写着平妖大圣，还有一些人围在一起摇骰子。看到朱圈生和李银刀走进来，一个算命先生打扮的人首先冲上前来。

算命先生开门见山："两位想找什么？我这儿有特价的照妖镜，买一送一！一人一个刚刚好！"

朱圈生抬手推辞说："不，我们不要——"

算命先生急忙补充："没关系，还有隐身衣！正宗茅山出品

第六章 / 捉妖会馆

的隐身衣，呐，纯棉的，摸摸看。"

李银刀皱起眉头问："这儿到底有捉妖师吗？"

算命先生一听，了解了两人的来意，立刻换了一种语气。他拍拍自己胸脯说："我就是捉妖师啊，我是会馆的首席捉妖师，手底下养了几十个小捉妖师……"

朱圈生听闻大喜，正要开口，算命先生连忙打断，他掐算着手指说："不要开口，我算得到，你们遇到了麻烦！"

朱圈生喜上加喜，觉得找对了人，他点了点头。

算命先生说："还是大麻烦。"

朱圈生几乎可以确定这就是他要找的捉妖师了，他更加猛烈地点头。

算命先生看到了肯定的回应，继续说："不是人可以解决的，和妖魅作祟有关。"

朱圈生激动地要握住算命先生的手。李银刀拦住他的胳膊，说："你这是废话，不是妖魅作怪，找捉妖师干嘛？要是人的事，我就上衙门了。"

算命先生被拆穿了，一脸不高兴地说："这个姑娘好像不相信洒家啊。"

李银刀听到"洒家"二字，低头看了看算命先生的裆部。算命先生立马转身，扬起手里的拂尘走开了。拂尘扬了李银刀一脸的灰尘，让她咳嗽了半天。这真是天底下最能拂尘的拂尘，真是天底下最货真价实的一次"拂尘而去"，把整个捉妖会馆所有能拂的灰尘全都拂起来了。

平妖大圣见算命先生失望离开，便走到李银刀的身边说："姑娘真是好眼力，这家伙原来就是城门口变戏法的，我才是货真价实的捉妖师。"

李银刀十分警惕，她咳嗽一声问："凭什么相信你。"

平妖大圣会意一笑，说了声"不信请看"，转头往自己身后的摊子一指。只见摊子上放着一个小桌，小桌上摆着一堆动植物，有正在不停转圈的仓鼠，有慢慢爬的王八，有正在吃草的兔子，还有晒开的人参条，还有一堆萝卜青菜。

平妖大圣双手一拍，用赞叹自己的语气说："这都是我降服的妖怪。老鼠精，兔子精，人参精，它们全都被我收服了。我就是如假包换的捉妖师！"

朱圈生蹲在地上，双眼平视仓鼠，说："这么萌也是妖怪？"

平妖大圣说："你不要看它萌，其实它是一只修行千年的老鼠精，曾经危害过梁山一百零八条人命，当年抓唐僧进洞的白鼻金毛老鼠精，就是它。为了抓住它，我可使用了不小的法力。"

一旁的降魔圣手实在听不下去了，他跳了出来，操着一口浓重的东北口音说："你可拉倒吧！别听这家伙骗人，这些都是从外面集市上买的，那老鼠一两银子一只，他都买好几十只了，前面的都让他给养死了。我才是大名鼎鼎的捉妖师——降！魔！圣！手！"

降魔圣手握着一本画册向前一步，打开画册给李银刀和朱圈生看，他一页页翻下去，里面全是他和各种大人物的画像。

"呐，看这一幅，你看下面的名字吧，是我降魔圣手和著名歌姬白冰冰合影……你再看这一页，降魔圣手跟知府李叉叉合影，看到了吧……再看这一页，降魔圣手和宰相刘叉叉合影……还有这一页，更了不起，是我降魔圣手跟白云城首富马大云合影……"降魔圣手就这么一一介绍下去，最后得意地说，"这些都是我的主顾跟粉丝。"

朱圈生上前一瞧，不由发出"哇"的一声赞叹。看来是遇到货真价实的捉妖师了。

"这些人我一个也没见过耶！"朱圈生说。平妖大圣微笑起来。李银刀也跟着笑起来。刚才离开的算命先生和平妖大圣见降魔圣手就要抢到了生意，趁机又挤回来推销自己。

算命先生说："这些都是他自己画的,他就是个替人画赝品的，我才是真正的捉妖师！"

平妖大圣说："别听他忽悠，我才是！"

朱圈生让这三个人的争吵闹得受不了了，他大吼一声"停"，三人立马静下来，等待最后的生意判决。朱圈生说："很简单的问题，你们谁能捉了野狼帮的狼王，我们就请谁！"

狼王？三人面面相觑，最后不约而同地把朱圈生和李银刀推出门外，"哐当"一声把门关上了。李银刀对着关闭的门大骂："一群骗子！什么狗屁捉妖师！一听到狼王的名字，一个个吓得屁滚尿流的！"

朱圈生问李银刀:"咱们现在去哪儿啊?"

李银刀想到了刚才的老太婆,意欲再问一问细节,可环视了一圈都没看到老太婆的身影。两人在空无一人的场地上面面相觑,谁也不知道该怎么办。此时,突然从远处的大道上传来一阵杂乱的尖叫声。两人循着声音的方向望去,只见几个少女尖叫着向一堆人群跑去,口中像是大喊着:"玉郎天师来啦!玉郎天师来啦!"

李银刀和朱圈生四目对视,明白了人群都聚集到了那儿,说不定玉郎天师就是他们要找的人呢!两人决定也赶向人群看个究竟。

人群熙熙攘攘,挤作一团。朱圈生拉住李银刀的手向人缝里钻,李银刀立马表示拒绝,把手从朱圈生的手里抽开。两人都有些害羞,又不约而同地挤入人群内。

一个白衣飘飘的公子从人群尽头飘动而来,人群立刻炸开了锅,尖叫声响成一片。朱圈生和李银刀也向这位公子哥看去,只见他姿态妖娆,身边自带桃花环绕,好一个朦胧梦幻的开场!再仔细看,一面写有"白云城捉妖,张家张玉郎"的横幅就在他的身后。

朱圈生大喊:"捉妖师!银刀,你看到了吗,白云城捉妖师!"

李银刀也显出几分兴奋,她说:"希望就是我们要找的人。"

说话间,张玉郎的身影不见了。两人继续向人群前面挤去一看究竟。结果让人哭笑不得:这位张玉郎向前飘动不远,立马跌倒在路面上,他之所以可以飘动,是脚下的滑板在作怪,身前有

第六章 / 捉妖会馆

个强壮的仆人用力拉着。头发飘着,是另一个仆人在身后用扇子猛扇起来的,周围的桃花、身后的横幅,都有专人在举着。还剩一个仆人跟在最后面,气喘吁吁地背着一个大箱子。周围人都在议论这只箱子,说里面就装着张玉郎的捉妖法器。

"张家公子就是不一般呐,整个箱子的法器,工具齐全,什么妖怪都能捉到。"一个大叔说。

朱圈生和李银刀听了大叔的话,觉得好生奇怪,问他:"大叔,你刚才说这人是谁?"

大叔听到背后有人叫他,回过头去,怒气冲冲地说:"怎么又是你们两个,我告诉你最后一遍,我是大妈,不是大叔。"

朱圈生和李银刀一看,原来是捉妖会馆前坐着的那位大妈。两人再次因为混淆性别向大妈道歉。朱圈生问大妈:"大妈,你能不能告诉我,这个捉妖师是什么来历啊?"

大妈说:"他啊,他可是白云城大名鼎鼎的捉妖师张天师的公子啊。他们家张员外法术高强,受人敬仰。就是这小儿子张玉郎,不男不女的,整天瞎折腾。说来也怪了,不男不女的人倒受大家喜欢,你倒说说,白云城的人是什么审美?"

朱圈生看着眼前这位同样不男不女的大妈,尴尬地不知道怎么回答。这时候,张玉郎已经狼狈不堪地从地上爬了起来,仆人搀扶着他,仔细拍打他身上的尘土。张玉郎强装潇洒,不以为意,结果旁边的仆人拍打起来没完没了,好像摔了天大的跟头一样,搞得张玉郎十分狼狈。

张玉郎从牙缝里蹦出一行字来，小声对仆人说："差不多行了。"

仆人还在拍打，问："少爷，您说什么？"

张玉郎："停停停！"

仆人："什么？"

张玉郎大吼一声："我说停啊。"顿时天地变色，仆人停住了手，现场也从一口沸腾的锅变成了一锅冷水，没人说话了。场面一度十分尴尬。张玉郎依然故作镇定，对大家摆摆手说："大家冷静，我今天是来捉妖的。"

围观群众嘘声四起，人们喜欢他，全凭他这纨绔的劲头，但说起捉妖来，没几个人觉得他有真本事。

张玉郎见大家不信，便伸出食指，往人群中一指，指向一个挎着菜篮子的朴素大妈。那大妈一脸呆滞与茫然，手里的篮子掉在地上，滚出来两颗大白菜。朱圈生对大妈大声喊道："你你你，就是你，你就是一个白菜精。"

围观群众嘘声变得更大了。张玉郎说完抬了抬手，背捉妖法器箱子的仆人心领神会，从箱子里掏出一根绳子赶忙递给张玉郎。

大妈委屈地说："俺不是妖怪。"

张玉郎："别狡辩，你就是。"

大妈："俺真的不是。"

张玉郎："就是就是就是。"

大妈："不是不是不是。"

第六章 / 捉妖会馆

张玉郎："我说是就是,还敢顶嘴?"

大妈见说不过张玉郎,转身要走,却被张玉郎的仆人拦了下来。张玉郎拿着金色的捉妖绳子往大妈身上套。大妈挣扎着说:"俺真的不是妖怪,俺就是一个卖白菜的。"

"妖怪,不要狡辩。"张玉郎说着就要给绳子打结,结果发现绳子断了。

仆人对张玉郎说:"少爷啊,我早就说过,国产的东西质量不行,下次你就告诉姥爷,再买就要从外面进口的。"

"少废话,"张玉郎打断了仆人的话,对大妈说,"妖怪啊妖怪,你竟然弄断我的锁妖绳,哼哼,还好我有照妖镜。"

一听这话,仆人连忙又拿出照妖镜递给张玉郎。还没等张玉郎拿稳,大妈就一把夺过照妖镜,摔在地上踩了几脚,镜子碎成了渣。大妈怒气冲冲地说:"都说了俺不是了,你这人咋这样呢,老远赶过来捧你的场,你还把俺说成妖怪。"

又是一片嘘声,围观群众当中有些人已经开始退场。李银刀见状,一脸不屑地说:"还看吗?走吧。依我看,这又是一个冒牌货。"

朱圈生也觉得很假,点头同意和李银刀一起走。就在这时刻,张玉郎突然说:"好厉害的妖精,毁了我的法器,我只能出大招了。把我的娘娘枪拿来!"

一听娘娘枪,本来已经要走的朱圈生和李银刀顿时来了兴致,开始仔细观察张玉郎。只见张玉郎接过仆人递上的娘娘枪,一阵花式舞动，口称："看我'娘娘枪法'的厉害。"被称作妖怪的大妈已经忍无可忍了，大喊着"我受够了"，一把夺过娘娘枪，把张玉郎打得鼻青脸肿，趴在地上。

仆人们看着干着急，大喊着："少爷！少爷！"

张玉郎被打得狼狈不堪，却还死死抱住大妈的大腿，说："妖怪，你今天跑不了的。"

朱圈生看到娘娘枪掉在地上，准备扑上前去捡起来。不想那白菜大妈一扬胳膊，正好打到了他的鼻子上。大妈被缠得十分恼火说："你这后生，真是难缠。"她忽然一指天空说："看，流星！"

周围人纷纷看向天空，趁这个当口，大妈变成了一棵大白菜，妖魂飘走。张玉郎怀中只剩一棵大白菜，围观群众一看，纷纷大笑。

剧照

第七章

张玉郎对战孙仙郎

第七章 / 张玉郎对战孙仙郎

孙仙郎奉狼王之命来找李银刀。张玉郎的整个捉妖过程也被暗处的孙仙郎全部看在了眼里。他眼珠子一转，计上心来。

朱圈生看出了门道，他走上前去捡起娘娘枪，想要和张玉郎搭话。可是张玉郎怀里抱着白菜，还在努力向大家解释这不是普通的白菜，是那个白菜精的真身，突然白菜从他手里飞走，落到了孙仙郎的手里。

张玉郎见白菜落入他人之手，立马站起身来问孙仙郎："你谁啊，谁让你多管闲事的，要不是你，我已经抓住妖怪了。"仆人也在一边帮腔。这下抓不到妖怪的过失全让孙仙郎给扛了。

孙仙郎不屑地白了张玉郎一眼："什么白云城张玉郎，废物一个。"说完掏出暗器，把那"白云城捉妖，张家张玉郎"的横幅给切成了碎块。张玉郎见是遇到了高手，还坚持上去理论，朱圈生已经上前握着张玉郎的手，与此同时，李银刀也一把握住了孙仙郎的手。

朱圈生，李银刀同时说："大师！终于找到你了！求求你救救我们的爹爹吧！"

朱圈生对李银刀说："银刀，你握错手了。这才是娘娘枪捉妖师！"

李银刀说："谁厉害就跟谁，这位大师更厉害。"孙仙郎听了暗自发笑，这个傻女人还不知道自己握的是狼王的亲信。

张玉郎听到"娘娘枪"三个字，突然想起来自己的枪刚才被打掉了，便问朱圈生："我的娘娘枪呢？你是不是捡到了我的娘娘枪？这可是我爹才给我的最新捉妖法器。快还给我。"

朱圈生把娘娘枪还给张玉郎，又对他说："大师，我们爹被野狼山的狼王给抓了，您能不能帮帮我们？"

张玉郎突然兴奋起来，刚才捉白菜精失利，现在竟然还有人相信他的能力，他说："哈！当然，可以，这个狼王厉害吗？我最喜欢打厉害的妖怪，要是小妖怪就不要来麻烦我了。"

朱圈生："厉害厉害，都把我们爹爹抓走了，十分厉害。"

张玉郎说："那就好，现在就带我去。"

李银刀松开孙仙郎的手，走过来拦住朱圈生说："这家伙靠得住吗？"

张玉郎听到了，质问："你说谁是这家伙呢？我爹都不敢这么叫我！"

朱圈生对李银刀说："你没看他刚才都捉了一只妖怪了吗？"

李银刀："我只看到他被妖怪暴虐。"

朱圈生："关键是他有娘娘枪啊。"

李银刀："那你找你的，我找我的。"李银刀从朱圈生身边走开，对孙仙郎说："大师，能请您跟我回村里捉妖怪吗？我家没有钱，但家里还有几头猪，可以作为谢礼，全都给你。"

孙仙郎见鱼要自己上钩了，便装模作样地说："也可以。"

朱圈生听了，转头问张玉郎："大师，你要多少酬劳？"

张玉郎说："你看我像是穷人家吗？除妖降魔，行侠仗义，混江湖的，要什么钱！"

第七章 / 张玉郎对战孙仙郎

朱圈生激动地握住张玉郎的手说:"您真是为人民服务的好大侠。"

李银刀低声说:"便宜没好货。"

朱圈生转头批评李银刀:"别得罪了大师,到时候谁来救爹爹?"李银刀耸耸肩不以为然。

孙仙郎见张玉郎也要去铜锁村,故作不屑地说:"我这人独来独往惯了,不和小白脸为伍。"

张玉郎一听,火冒三丈,上前一把抓住孙先郎的手腕说:"你这个人怎么说话呢?有本事咱俩比试比试!"

孙仙郎一把抽开手腕,看都不看张玉郎一眼,他说:"一个连白菜精都抓不到的半吊子,有什么好比试的,我看你还是回家去吧。"

孙仙郎说:"捉妖师之间,自然是要比法术了。既然得罪了我张玉郎,现在不比也不行了!"两人剑拔弩张,眼看就要打起来了。

朱圈生见捉妖师之间要自相残杀,立马拦在中间说:"别动手,有话好好说,伤了和气就不好了。"

张玉郎立马收手说:"好,不动手,比别的。"

朱圈生:"比什么?难道猜拳吗?"

"我有个好主意。"刚才被朱圈生错判性别的大妈突然跳出身来,她说:"我可是都看到了。两位都是法力高强的捉妖师。不过呢,既然两位不肯合作,那就来一场比武。比什么?我看就比……玩他。"大妈说到"玩他"时，手指向了朱圈生。

"玩我？"朱圈生满面吃惊。

"你是什么人？"张玉郎和孙仙郎齐声问道。

大妈继续说："我是什么人不重要，依我看，你们就比试控制朱圈生，谁控制住他，谁就去救他爹爹。"

朱圈生："大妈，你怎么知道我叫朱圈生？"

大妈："我刚才掐指一算，你就叫朱圈生。"

孙仙郎："哼，控制他还不简单？太简单了，换个别的。"

大妈："我看呐，可没那么简单。"

张玉郎："不怕简单，就比这个！"

"银刀姑娘，紧不紧？"大妈问李银刀。大妈在李银刀的头上扎上了红头巾，用白笔写上"裁判"二字，接着将一个早已准备好的令旗塞到了银刀手里。

"大妈，我们素不相识，你怎么知道我叫银刀？"李银刀问大妈。

"这个你就别管了，有缘人自会相识。我能说出你的名字，说明我们有缘分。"大妈这样回答，但没有说服李银刀。

李银刀："大妈尊姓大名？"

大妈："什么尊姓大名的，不要不要，像我这么无私谦虚的人，你叫我女神吧。"

李银刀："女神大妈，幸会幸会！"

一旁的朱圈生突然抱怨起来："能不能不要靠得这么近，人

第七章 / 张玉郎对战孙仙郎

家很紧张的！"李银刀抬头看去，街道两旁的人又多了起来，中间是清空的街道。街道上，张玉郎和孙仙郎面对面站得极近，把朱圈生夹在中间。

"快开始吧！快开始吧！"看热闹的人开始起哄。

李银刀站起身来，举起手中的令旗喊道："现在由我来宣布，比赛正式开始。首先由我来宣布比赛规则，友谊第一，比赛第二，为不伤及无辜，双方以控制中间人朱圈生为比赛内容，谁能控制到最后，谁赢。其间，由我们白云城的四名专业评审进行现场打分。"

李银刀说着最后一句话，右手指向一旁的马路边，那儿有张长长的木桌，桌后坐着四个大爷大妈，其中一位正是女神大妈本人。他们手里拿着评分牌，听到李银刀的介绍，纷纷起身招手，向人群示意。

张玉郎见到这阵势，一半觉得自己给张家长脸了，一半又对自己能否打得过孙仙郎有几分心虚。他低声示意身后的仆人给自己打气。仆人们站在张玉郎身后，整齐划一地振臂高呼："玉郎玉郎，天下无双！"喊声越来越大，张玉郎的粉丝们纷纷给张玉郎助阵。孙仙郎看到后，显出不屑的表情，他根本没把眼前的捉妖小辈放在眼里。

李银刀挥动令旗，大喊一声"比赛开始"，人群立刻安静下来，看向第一个出招的张玉郎。张玉郎已经摆开了架势，喊出一声"定！"朱圈生急忙说："别别别，我还没准备……"话没说完，人就被定在了原地，嘴不断扭动着，可就是说不出声音，那畏首畏尾的滑稽姿势引得全场哄然大笑。

张玉郎对孙先郎说："该你出招了！"

孙仙郎坦然应战，闭上眼睛喊出一声"解！"等他睁开眼睛，朱圈生已经恢复了正常的动态。

李银刀说："下面由大爷大妈评分团打分！"

三位评委统一给出了四分，只有女神大妈给了张玉郎四分，给了孙仙郎一分。女神大妈看到成绩给得太突兀，又把一分叉掉，改成了四分。双方打成了平手。

张玉郎很不服气，他又摆开架势，对着朱圈生的眼睛施展法术，口中念念有词。朱圈生突然陷入幻觉，从人群中一位大妈的篮子里抽出一根葱叼在嘴里，像只斗鸡一样左右摇摆起来。围观群众再一次哄然大笑。

不等应战信号，孙仙郎就开始发起反攻，他也默念起自己的咒语，让朱圈生顿时陷入一个新的幻觉之中。朱圈生吐出嘴里的葱，冲到人群里抓住一个大汉的小腿，掀起他的裤腿，撩起对方的腿毛，口中唱起了奇怪的歌。

"变态啊！"大汉喊着，一脚把朱圈生踢到了人群对面。

没等评委再次打分，张玉郎已经按捺不住了。他拿出符咒，还要再反攻，孙仙郎一弹指，用暗器打飞了张玉郎的符咒。张玉郎见状，向李银刀控诉："这家伙作弊，我要再比一次！"

孙仙郎冷冷一笑，说道："比赛可没规定不能用暗器啊！"

第七章 / 张玉郎对战孙仙郎

张玉郎："你……"

见朱圈生身上的法术还没有解开,孙仙郎喊了一声"解",朱圈生便一下摔倒在了旁边一个白菜摊上。他头顶白菜,从摊子上爬起来说:"停,别比了!都去!行不行!"

评委席上的女神大妈站起来说:"圈生说得对,不管谁厉害,多一个帮手总是好的。我看就不要比了,行了行了,各位评委都撤了吧。"

可对战的两位似乎不买账,张玉郎手叉着腰,甩头冷哼一声;孙仙郎把帽檐压低了一下,沉默不语。张玉郎的仆人走上前去说:"少爷,老爷是不会同意你去找狼王的。"

张玉郎听了,瞬间来了逆反的情绪,他长这么大,一直在父亲的羽翼保护之下,白云城的人都把他看成浪荡的公子哥。可是在张玉郎自己心里,一直有一个成为捉妖师的梦想。他盼着能够一展身手改变自己的形象。这正是实现梦想的大好时机。

"二位,到底怎么样?"女神大妈逼问。

张玉郎对身边的仆人说:"你们回去告诉我爹爹,这次,我不扬名立万,是不会回去的。"

听闻张玉郎这样说,孙仙郎也有了自己的主意。他背过身去说:"既然他要去,我也不再推辞了。那就一起去吧。"

女神大妈:"哎呀,那就再好不过了。人多总是好的。不如这样,我也跟着去,凑个人数、捧个人场嘛……"

朱圈生问:"你去干什么?捧个人场……你以为是看戏吗?

你见了狼王,恐怕连自己都保护不了,只会给我们添乱……"

女神大妈被朱圈生拒绝,脱口而出:"八戒,不许胡说……"

朱圈生听了还要再反驳,却被李银刀拦了下来。李银刀听了大妈的话,像是突然明白了什么,她开口说道:"我看这位大妈也非等闲之辈,不如就跟着我们一起去捉妖吧。"

没有人提出异议,就这样,一支新建成的捉妖队伍向着铜锁村出发了。虽说是一个团队,可各人心里有各人的算盘。暗怀鬼胎的孙仙郎在队伍后面,双手背在身后,偷偷释放了一个符咒。符咒飘飘悠悠飞入空中,直向着野狼帮飞去。

天色已晚,抬头能看到月亮刚刚浮现的朦胧轮廓。李银刀抬头看着月亮,瞬间想起了自己的爹,眼下李屠户是死是活还不知道。她想,若是被狼王迫害,定要叫狼王死无葬身之地。银刀默默地闭上了眼睛,几滴眼泪流了下来。女神大妈看到了,轻轻拍了拍李银刀的后背,安慰她不会出事的。如果李银刀再多看天上一秒,一定会看到那飞起的符咒,可惜的是她就这样错过了。好在女神大妈注意到了天上的变化,她手指一捻,用其法力对符咒做了手脚。

符咒飞出白云城,飞入野狼帮。这时候,狼王正准备新一轮的练功。

"小的们,练功的时候到了!"狼王说着,开始做起舒展运动。周围的小兵们听了,连忙从口袋里拿出皮筋,把脸扎住,防止自己笑场。小兵们走上前去,准备伴随狼王一起练功。狼王发现了大家脸上不对劲，便问："你们几个，脸上扎的什么东西？"

一个自作聪明的小兵说："练功专用品，很神的。大王要不要尝试一下？"

狼王："哼！你以为大王连皮筋都不认识？来人，把他脸上绑满皮筋！"

狼王一个人随着诡异的音乐开始起舞。那扭曲的腰肢，那在空气里乱舞的双爪，让身旁的小兵想笑又不敢笑，脸部的肌肉绷到了最紧。狼王跳着跳着，一张符咒缓缓飘到了他手里。

"音乐停！"狼王喊完，音乐停下来。他拿起符咒一吹，孙先郎的声音响了起来："报告大王，目标已经找到，李银刀等人在白云城里找了捉妖师，现在往野狼寨内赶去，我已经打入他们的队伍，请大王做好准备，活捉李银刀。"

狼王得意地笑了，心想不愧是孙仙郎，事成之后，必定好好奖赏他，全阴之日就要到了，万妖之王的美梦就要实现了。狼王激动地大喊一声："小的们，去铜锁村！"

旁边的小兵高呼："万妖之王，金刚不坏，出发！"

剧照

第八章
重返铜锁村

捉妖队伍走出白云城的时候,夜已经深了,天渐渐寒冷起来。

张玉郎:"早知道外面这么冷,就多穿点衣服出门了。"

孙先郎怂恿他说:"你要是现在后悔还来得及,回城找你亲爹,饿不着也冻不着,何必跟着我们出来吃苦捉妖呢?"

张玉郎没有听出孙先郎的语气,他回答:"你是不知道啊,我要是现在回去,非让我爹揍死我不可,我爹那暴脾气你是不知道……哎,不跟你多说了,既然都走出了城门,干脆一不做二不休,做个真真正正的捉妖师。"

张玉郎说着,掏出怀里的娘娘枪,在手里把玩起来。他自己嘀咕道:"我爹说,这玩意儿是世上绝无仅有的捉妖宝器,在关键时候能够救我一命。可是到现在我都不知道怎么用……"

孙先郎听了,立马说:"拿给我看看。"

张玉郎正要给她,女神大妈一把夺了去说:"还是让我先看看吧。"

张玉郎问女神大妈要回,大妈就是不给,他们追追停停,一行队伍很快走进了城外的一片荒漠中。朱圈生向前方望了望,路还远,他说:"我建议,大家先原地休息,等天亮了再赶路。"

李银刀听了,像丢了魂一样说:"也不知道爹怎么样了,是不是还活着。"

朱圈生安慰她说:"我都听到了,妖怪的目的是抓你,爹爹是筹码。没抓到你之前,爹爹是不会有事的。"

李银刀还是不放心。孙仙郎已经将消息传到了野狼帮,害怕错过了时辰,无法抓李银刀的现形,便说:"我看,救人耽搁不得,还是继续赶路吧。"

"赶什么路嘛,捉住狼王是早晚的事,不差这一晚上,"张玉郎说着,身体开始瑟瑟发抖,公子哥的生活里可从来没有体会过这种寒冷,他接着说,"而且我建议,找些柴火来取取暖,就在这里过一夜。"

一行人最终决定在大漠里度过这一夜。大家找来了木柴,点起火堆。张玉郎打开了随身携带的小箱子,拿出各式各样的护肤用品。他将一张面膜展开,敷在自己脸上说:"哎呦,我可不行了,沙漠太干了,我要赶紧补水。我说女神大妈、银刀姑娘,要不要来一张?我带了很多的。"

没有人理张玉郎,他便安静下来自己敷自己的面膜。孙仙郎一言不发,轻蔑地看了看眼前敷着面膜的张玉郎,然后倒下睡觉,无奈女神大妈的鼾声太大,吵得孙仙郎无法入睡。他便侧过身躺着,听旁边的朱圈生和李银刀对话。

朱圈生坐在李银刀身旁,看着李银刀心情恍惚,无法安睡,便想办法安慰她。李银刀突然鼻头一酸,抓住朱圈生的衣襟,用力地摇晃他,接着大哭起来。

朱圈生:"你冷静一点,你突然这样,我好惶恐。"

李银刀一边哭,一边钻进朱圈生怀里说:"惶恐啥啊,抱紧我。"在她最脆弱无助的时候,还是朱圈生给了她一个可以停靠的、可以哭诉的地方。朱圈生颤颤巍巍地伸出手来,拍了拍李银刀,李银刀埋在他的怀里,低声哭着。

　　李银刀:"我好害怕,我怕万一……爹爹……怎么办……"

　　朱圈生:"别怕别怕,神仙说了,只要找到娘娘枪就能渡过劫难。我们已经找到了呀。"

　　听到"娘娘枪"三个字,张玉郎一下坐起来。他想起来了,女神大妈还没有还给他娘娘枪。于是,他走到女神大妈跟前,嫌弃地把手伸进女神大妈怀里摸索,找到了自己的娘娘枪。大妈还处在睡梦中,低声说着梦话:"八戒,别乱摸……"

　　李银刀问朱圈生:"我们一定会没事的,对吧?"

　　"你不要担心,明天张天师肯定能帮咱们救出爹爹。等消灭了妖怪……"朱圈生说到这里停顿了一下,满脸幸福地傻笑起来。继续说,"消灭了妖怪之后,咱们就可以像以前一样,开开心心地过日子,等过两年,你愿意嫁给我了,咱们再成亲,生好多小孩……"

　　李银刀已经恢复了冷静,她把朱圈生的手拿开,侧过身去说:"早点睡吧,明天还要赶路。"说完一个人躺下睡去。

　　朱圈生傻傻坐在原地,看着自己张开的双手,上面还有李银刀残留的体温。他不由自主地抬起头,用两只手托住脸颊,看向漫天繁星。静谧的夜风催生了他的困意,不一会儿他也睡了过去。

　　夜色凝重,万籁俱寂,女神大妈停住了鼾声,醒了过来。

　　"畜生,好大的胆子,他眼里还有没有我这个爹!"

　　张天师在府上听说了儿子张玉郎离家出走的消息,顿时怒火

第八章 / 重返铜锁村

烧心，责令杖罚几个看护不力的仆人。他走到窗前看着外面随风漂浮的枝条，心里如一团乱麻。虽说这个儿子游手好闲，因为不专注于练习捉妖本领也没少挨骂，可他真的冒着生命危险去捉妖，当爹的心里十分不是滋味。

张天师低头直叹气："都怪我年轻时造的孽啊，老天这是要惩罚我！"

话音刚落，府上门卫前来报告："老爷，小的夜里关门时发现，有个女人昏睡在大门外，小的不知如何是好，还请老爷明示。"

"女人？"张天师稍有吃惊，他急忙说，"这么冷的天，快快把她抬进府里，看看有没有伤病！"

张天师年轻时做过中医，靠行医问诊发家致富，其中也不乏骗人的勾当；后来害怕江湖水深，时间久了恐难脱身，便及时收手。此刻张天师凭借自己的老行当，给这昏睡的女子号起脉来。

"只是伤寒，没有大碍，就等她自己醒来吧……"张天师舒了一口气。他还不知道，眼前这个女人，他可不是第一次见了。

张玉郎从梦中惊醒，大喊了一声"爹"。他刚才做梦梦到张天师追了过来，要宰了他的狗命。张玉郎揉了揉眼睛，看到东方的天空已经是一片殷红，孙仙郎、朱圈生、李银刀都已经醒了，可唯独不见女神大妈的身影。

朱圈生："奇怪，昨晚我睡觉的时候还看到她在打呼噜的，早上就不见了。"

李银刀："可有可无的人，她大概是后悔了，一个人偷偷回城去了。"

孙仙郎:"要是这样的话,不等她也罢,我们直接出发吧。"

张玉郎:"哎呀呀,这一片荒漠,连个洗脸的地方都没有,昨晚才敷的面膜,今天早上脸就干巴巴的,像粘了一层沙子……"

最终,四个人决定先赶路。经过长途跋涉,一行人终于在傍晚时分抵达了铜锁村。夜晚的铜锁村,狂风大作,烟雾阵阵,到处是不祥的气氛。朱圈生发现村口铜锁村的村碑被人推翻,村里一片狼藉,到处都是损坏的农具衣物,还有火烧的痕迹。朱圈生感觉脚底踩到了什么东西,抬脚一看,竟是人的一条胳膊。朱圈生和李银刀吓破了胆,两人迫不及待想知道李屠户的安危。

"李爹!"朱圈生大叫着跑进了村子,其他人也跟了上去。

等到四人来到李铜锁家中时,朱圈生和李银刀稍稍舒了一口气,他们看到李屠户还活着。这时轮到孙仙郎心惊了,他明明用符咒转告狼王来铜锁村接应,可狼王竟然没有出现。他不知道,那符咒早已被人改掉,变成了让狼王在野狼寨等待。自知计划有变的孙仙郎,急忙向狼王发出最新的符咒:狼王大人,李银刀在铜锁村李铜锁家中,请快来支援。

李银刀叫道:"爹,我们来救你了。"说着就要冲上前去给李屠户松绑,却被张玉郎拦了下来,张玉郎说:"慢着,见机行事。"

野狼女从半空飞到李屠户身边,对着李银刀说:"想救你爹?休想!小贱人,今天可不会再让你跑掉了!"

野狼女与李银刀打得难分难解。朱圈生提醒李银刀拿出她的

第八章 / 重返铜锁村

两把杀猪刀来,可是李银刀没有照做,功力反而高过野狼女几分。野狼女也好生奇怪,几天不见,李银刀的功力竟然增长了这么多!

几十名小兵闻声而来,张玉郎与朱圈生分头对付小兵,凭借枪法和蛮力,打倒了一片。李铜锁看这阵势,野狼女不占优势,吓得躲在了一个大竹筐下面。

朱圈生:"孙天师,还不快帮忙!"

孙仙郎听了这话,立即看准时机,使了一个发光的法网网住了李银刀。朱圈生见孙仙郎捉了李银刀,明白了是怎么回事,便对着孙仙郎大骂:"叛徒!无耻!"

孙仙郎冷笑:"是你们太傻!"

朱圈生和张玉郎看见李银刀被捉,要上前搭救。野狼女飞身过来,拦在两人面前。

张玉郎大喊:"快去救人,这妖女我来对付。"

野狼女舔了舔爪子,色眯眯地说:"好个俊俏的小白脸。"

张玉郎:"虽然我很喜欢夸我帅,但从你这妖女口中说出来,我还是很恶心。"说完,张玉郎口中喷射出一团呕吐物,直接喷到野狼女身上,让野狼女措手不及。张玉郎乘其不备,大喊一声:"看招!"

他从背上放下捉妖箱子,掏出符咒,念道:"天灵灵地灵灵,祖师爷大显神灵!"符咒向着野狼女直飞过去。野狼女一个飞身,用爪子抓住符咒撕得粉碎,说道:"雕虫小技。"

张玉郎大吃一惊,转身想要去捉妖箱拿别的法器,野狼女挥舞着爪子过来,一把将箱子抓到手中,用力丢到了墙外。张玉郎跌坐在地上,慌乱间,只能拿起娘娘枪对抗。没想到,娘娘枪也被野狼女一把夺下。野狼女拿着娘娘枪,将张玉郎打倒在地。张玉郎匍匐在地上,想要爬着去捡回娘娘枪,却被野狼女一脚踩住手背,疼得一声尖叫。野狼女哈哈大笑。

另一边,朱圈生跑到李银刀面前要替她解开法网,没想到手刚一碰到法网,法网便开始发光。朱圈生的手像摸到滚烫的水壶一般弹开。朱圈生吼道:"这网子有妖法,碰不得!"

李银刀:"不要管我,去收拾那个孙仙郎!"

朱圈生正要动手,只听一声巨响,烟雾弥漫开来,大批的小兵冲进了李铜锁家中。小兵两边列队,狼王自中间黑暗处飘入院内。仔细分辨,只见狼王骑着一匹戴着青面獠牙面具的大马。这阵势吓破了张玉郎的胆,眼前的狼王,比他想象的还要凶猛几十倍。

李铜锁见到狼王驾到,自知胜券在握,便哆哆嗦嗦地从竹筐里出来,跪在狼王面前,不断地发抖求饶:"狼王大人,这事可都怪李屠户啊,是他放走的李银刀,和小的无关呐!"

李屠户被折磨得满脸是血,抬头看了看狼王,有气无力地说:"妖怪,你杀了我吧,我一把年纪了,不怕死!"

狼王哈哈大笑,他挥一挥手,示意野狼女飞身出去,抓回一个村民。狼王当着李屠户的面把无辜的村民一刀捅死,血溅当场,村民的脑袋被狼王捏得流出脑浆。狼王凑到李屠户耳边说:"你

第八章 / 重返铜锁村

不怕死,其他人也不怕吗?"

李屠户被血腥的场面吓破了胆,大喊道:"畜生!你会遭报应的!"

"报应,呵呵,谁信?"狼王抬头,向天长啸,"喂——报应——你在哪儿?既看不见,也听不见。哪来的报应?我不开心就要杀人!"

野狼女一听这话,冲向更多手无寸铁的村民。不一会儿,十几个村民就倒在了血泊之中。人群之中一片哀嚎。狼王说:"今天,我一定要捉到李银刀,如果没捉到,搞得我不开心,你们所有人都得死!"

村民的哭声更大了。狼王狞笑一声,对李屠户说:"你不是不怕死吗?我现在就成全你,送你上西天!"说着,狼王一把掐住了李屠户的脖子。李屠户一口老血吐在地上,生命垂危。这时候,孙仙郎跑到狼王身边,向狼王叩拜:"恭迎大王!"

狼王见到孙仙郎,怒火难平,对孙仙郎破骂道:"好你个孙仙郎,敢耍我,让我在野狼帮等着。我要是再等下去,煮熟的鸭子都飞走了!"

孙仙郎:"狼王息怒,实在是有人在其中作梗,故意要破坏大王的好事。不过已经不要紧了,人我给你网住了。大王请看。"

狼王顺着孙仙郎指的地方看去,见到了法网之中的李银刀。狼王大笑:"李银刀,你到底还是落在了我的手里。嗯,收网吧。"

孙仙郎按令行事,大手一挥,一股无形的力量将大网和李银刀一并拖走。朱圈生本来还试图解开这法网，结果却扑了空，他大喊一声"银刀"，立马追上去。

被网住的李银刀喊道："别管我，先救我爹！"

朱圈生无奈之下，跑到李屠户身边，哆哆嗦嗦地替他解开了绳子。李屠户刚才被狼王掐了脖子，已经快死了。李屠户用微弱的气息说："快去……救……银刀……"

朱圈生为难了。他转头看去，李银刀已经被拖出网子，被狼王抓住了两条胳膊；张玉郎被野狼女踩在脚下，惨叫连连。朱圈生满头大汗，索性咬了咬牙，背起李屠户就往外跑。野狼女见朱圈生救了李屠户，飞身而起，去抓朱圈生，被朱圈生刚好躲过。朱圈生被逼得没办法了，从地上抓起一把土，扑在了野狼女脸上，野狼女眼睛被土蒙蔽，暂时退到后方。朱圈生趁机又抓起张玉郎，张玉郎又急忙拖上捉妖箱和娘娘枪，三人一起逃走了。

野狼女恼羞成怒，想要追，却被狼王喝止。狼王说："不用追了，只要李银刀在我手里就足够了，这几个杂碎不值得费力。哈哈，我就要成为万妖之王了。"

李铜锁听了，跪着向前走了几步，谄媚地给狼王磕着响头说："狼王万岁万岁万万岁！"

剧照

第九章
真假李银刀

第九章 / 真假李银刀

张天师看着女子渐渐醒过来,好生安慰她:"别怕,我是白云城张天师。你倒在了我家门口,被门卫发现了,现在才醒过来,好点了没?"姑娘没有说话。张天师望着女子睁开的眼睛,总觉得有几分眼熟。他问:"姑娘叫什么名字?家住在哪?父母都还在吗?"

一听到这个问题,女子立即从床头坐起来,大喊一句:"我要去救我爹!"不必多言,这位正是李银刀。

张天师吃惊地问:"你爹是谁?他现在在哪?"

李银刀说:"我爹是铜锁村的李屠户,被妖怪抓到了手里,我要去救他。"

李屠户……张天师恍然大悟,他让李银刀坐到床沿上,仔细对她说,他就是当年去李屠户家判断怀胎男女的那位江湖中医,李银刀出生突然,还是他给接生的。张天师靠行医问诊发了不义之财,某天突然心生愧疚,便退隐江湖,决定行侠仗义为民除害,用全力练习捉妖之法,终于成了白云城大名鼎鼎的捉妖师。李银刀听了,将信将疑。

张天师问李银刀:"你爹被哪路妖怪捉走了?"

李银刀:"野狼帮的狼王。奇怪,我为什么会在这里?"

张天师也没法回答,但当他听到狼王的名号时,明白了事情跟自己的关联。他的儿子张玉郎正是前去搭救李银刀的父亲去了。张天师向李银刀承诺,现在就备车前往铜锁村,助他们一臂之力。

张天师并不知道,张玉郎、朱圈生已经带着李屠户跑出了村子。李屠户连连吐血,眼看就要不行了。朱圈生哀嚎着:"爹!爹!你撑住!你要等我把银刀姑娘救出来!"

李屠户摇摇头,用尽全身力气说:"我快要不行了!"

张玉郎可怜李屠户,便安慰他说:"我有办法!止血符!我爹给了我几贴止血符!"他转身去随身携带的箱子里翻找止血符。但箱子里的法器乱七八糟,还有一些大大小小的护肤品,张玉郎找了半天也没找出止血符。

朱圈生急于救爹爹,心里乱成一团,他开口对张玉郎骂道:"你这个神棍,什么都不会!说什么降妖除魔,都是假的!我再也不会信你了。"朱圈生抱着李屠户大哭起来。

张玉郎:"你冲我发什么疯?害你家人的是狼王,又不是我!"

朱圈生:"要不是信了你这个假的捉妖师,我早就把银刀和爹爹都救出来了!"

张玉郎:"你以为我愿意来这种鬼地方!是你求着我,我才来的!"

朱圈生:"对,我瞎了眼!千不该万不该,最不该的就是信了你这个神棍!骗子!"

李屠户在一边稍微缓和了些,他握住朱圈生的手说:"孩子,不要吵了,我知道你已经尽力了,我和银刀……这都是命啊,天命难违,自有定数,你就不要再做无畏的牺牲了,走吧,离开铜锁村,好好活着,爹爹和银刀,不能再护着你了,以后,你就要靠自己了。"

第九章 / 真假李银刀

朱圈生："不，爹，我不许你这么说，你要好好活着，你要努力活着，等到银刀被我救出来，我们就能一家人团聚了！爹！"

朱圈生说完，李屠户安详地闭上了眼睛，永远离开了这个世界。朱圈生见到李屠户死了，上前揪住张玉郎的衣领，质问他："为什么要骗我？要不是你？爹爹也不会死！为什么要说你是捉妖师！为什么！"

张玉郎气急败坏地说："你还有脸骂我？我好歹还和妖精打了几回，你呢，见到妖精吓得腿都软了，你当时要是敢冲过去救人，你爹可能就不会死！"

张玉郎的话像把利剑一样扎穿了朱圈生的心，他沉默下来，静静地自言自语道："是，是我的错，是我的胆小懦弱害死了我爹。"他说着，绝望地大喊一声，反身跑了出去。张玉郎怕他自寻短见，便喊着朱圈生的名字追了过去，谁知朱圈生跑着跑着，一声尖叫掉进了流沙里。

朱圈生双腿陷在流沙里，虚弱地喊着："救——救命——"

张玉郎连忙赶过去，对朱圈生说："让你乱跑，这下可好了，看你怎么上来。"

朱圈生突然想起上次跟银刀掉进流沙的情景，当时有位女神仙金光四射地来到沙地上，将两人救出。他想，说不定女神仙这次还会出现。

朱圈生对着天空喊道："女神仙！女神仙！快来救救我。"

张玉郎感到莫名其妙，他往天上看去，只看到一只乌鸦叫着飞过上空，再没看到别的东西。张玉郎突然想起一件东西来，他对张玉郎说："你等着。我有一个办法。"

他转身跑到自己箱子跟前，拿出一本小册子，又回到朱圈生的沙坑上面，对他说："看，我说的就是这个。"

朱圈生看了看他手里的东西，是一本叫作《沙漠遇难自救法则》的书。

张玉郎翻着小册子说："让我找找，陷入流沙的办法，根据第32页第7条……"

朱圈生已经被埋到腰了，他大喊："快，快救我！"

张玉郎仿佛没有听见，还在仔细翻他的书。他说："不要紧张，放轻松，这里写着，越紧张掉得越快。嗯，做得非常好，现在深呼吸，然后吐气……"

朱圈生照着他说的做，刚一深呼吸就吸到嘴里很多沙子，他嘴里吐着沙子，含糊地说："救命！"

张玉郎翻着小册子说："怎么不管用啊，等等，让我再翻几页，找找第二个办法……有了，就在这里，先抬起右手……"

张玉郎抬头一看，发现朱圈生的右手已经被埋进了流沙里，流沙已经快要到脖子了。朱圈生这才想起应该找根绳子把朱圈生拉上来，可是这荒郊野外的，到哪里去找绳子呢？张玉郎突然一拍脑袋，大声说出三个字："娘娘枪！"

他丢下册子，拿娘娘枪去救朱圈生。朱圈生把手从流沙里抽出来，一把抓住枪杆。张玉郎用尽全身的力气把朱圈生拉了上来。

第九章 / 真假李银刀

朱圈生拍干净身上的沙子,对张玉郎说:"对不起,你是来帮我的,我刚才不该骂你。"

张玉郎:"是我对不起你,大言不惭说帮你捉妖,可什么都没办到,是我没有自知之明。"

朱圈生:"你已经很勇敢了,我才是那个无能的人。"说完,两个人抱头痛哭起来。

张玉郎问:"现在怎么办?就这样认命吗?难道我这辈子就只能当家族的耻辱吗?"

朱圈生一脸严肃地说:"不能认命,我要去野狼寨救银刀!我要为李爹报仇。"他想起躺在一旁的李屠户,便对张玉郎说:"我们去把李爹埋了吧。"

他们找到一棵大树,在旁边为李屠户建了一座坟。坟建好了,朱圈生默默看着坟头,一句话也说不出来,他对着坟头磕了三个响头。张玉郎在一边沉默不语。

朱圈生磕完头说:"爹,我朱圈生发誓,一定把银刀救出来!一定要杀死狼王,给爹和银刀报仇!"

张玉郎打断朱圈生,他说:"醒醒吧,你打不过狼王的!"

朱圈生站起来说:"打不过也要去。"说着转身就要走。

张玉郎追上去阻拦:"你去了只有送死。"

朱圈生:"死也要去!你如果想走,可以走,这件事本来就和你没关系。我和你不一样,我是李爹从猪圈里捡来的孤儿,这辈子只有李爹和银刀两个亲人,李爹已经死了,要是银刀再有个三长两短，我一个人活在这世上，还有什么意思？就算救不出银刀，我也要和银刀死在一块，黄泉路上，也不孤单。"

朱圈生说完，继续孤身一人向着野狼寨的方向走去。张玉郎看着朱圈生孤胆英雄般的身影，终于被打动了。他大喊一声："等等，谁说我不去了？"

朱圈生回头，又感激又意外地看着张玉郎。张玉郎咳嗽一声，故作深沉地说："我刚才只是在想，咱们武斗打不过狼王，难道还不能智取吗？"

朱圈生激动地问："那么，你是不是想到什么好办法了？"

张玉郎被问得十分尴尬，一时也想不出什么智取的办法。这时，一纸飞书恰巧飘到了他的手里。张玉郎打开一看，又惊又喜，激动地捂住脸孔哈哈笑起来。

张玉郎："他被我们骗了！哈哈哈，他被我们骗了！"

朱圈生："谁？你笑什么？谁被骗了？你说清楚。"

张玉郎慢慢停住笑声，他说："没，没什么。我的办法就是：现在出发去铜锁村。"说完，他把飞书撕碎扔在身后。

这飞书正是从女神大妈发出的。那夜在沙漠中，女神大妈趁所有人不注意，对李银刀施加法术，将其送至了张天师家门口，而大妈自己摇身一变成了假的李银刀。狼王抓去的不是李银刀，而是女神大妈——她正是来到凡间帮助朱圈生渡劫的女神仙。

李铜锁被狼王留了一条狗命，在家庆幸自己大难不死。在他隔壁家的壮汉已经被野狼女杀死了，留下一名王寡妇独守空房。

第九章 / 真假李银刀

李铜锁色性大发，打起了王寡妇的算盘。

"翠香，让我香一个嘛！"李铜锁调戏王寡妇。

王寡妇欲迎还拒，做作地说："村长，不行呀，马上过年了，我要争取年度贞节牌坊奖的呀。"

李铜锁说："别担心，颁奖的人就是我，我颁给你就是了。"说着就要一口亲上去。

王寡妇推了李铜锁一把，说："那我先去洗个澡。"

李铜锁："好，我等你，快点。"

王寡妇挑开门帘，对李铜锁抛了个媚眼，进了里屋，李铜锁一边哼着歌，一边跳起了脱衣舞，急着喊道："翠香，好了没有啊！要不咱们一起鸳鸯戏水？"只见门帘内伸出一条红手帕，李铜锁搓着手说："我来了。"

李铜锁急不可耐地掀开门帘，看到王寡妇嘴里塞着布条，被绑在了柱子上。还不等他看清楚是谁站在王翠香身后，便被一榔头打晕在地。等李铜锁醒来，发现自己穿着一条花裤衩，在他身旁，朱圈生正在磨刀霍霍，一副要宰了他的架势。李铜锁吓得半死，连连哀求："圈——圈生，你爹和银刀，那那那那——那不关我的事啊，都是狼王哪个妖怪做的孽，我也是被逼的！也是受害者！"

朱圈生说："不要恶心我了，你平日里就一直对狼王奴颜媚骨，把村里几十个姑娘都送给狼王练功，还说自己是好人，我今天就要了你的命！"

李铜锁连连求饶。朱圈生不再理他,转头问张玉郎:"好了没有呀?都鼓捣半天了!"

张玉郎点了点头,严肃地摆开作法的阵势,对着李铜锁说:"天灵灵地灵灵,我爹助我显神灵!定!"

李铜锁以为自己被定住了,可试了一下,自己还能动。他坐在椅子上继续叫道:"大神,饶了我这条狗命吧!"

张玉郎嘀咕着:"咋不灵了?我记得我爹就是这么作法的呀?我再试一次。天灵灵地灵灵,我爹助我大显神灵!定!"

李铜锁:"大——"

张玉郎:"你咋还能说话?"

朱圈生一脸怀疑地看着张玉郎。张玉郎说:"你不要用那种质疑的眼神看着我好不好?我会认为你在怀疑我的能力。"

这时王寡妇挣脱了束缚,一把揪出嘴里的布条说:"你到底行不行啊,我嘴都酸了。"

张玉郎深感没面子,大喊:"看来不出绝招是不行了!血符咒!"所谓血符咒,就是要把人血画在符上。只见张玉郎拿出一张符咒,又拿出一把刀子,一副取血的架势。朱圈生和王寡妇见张玉郎要割肉取血,大喊:"哇!壮士!你要自残啊!"话音刚落,张玉郎手起刀落,在朱圈生大腿上划了一刀。血从朱圈生大腿上流下来,朱圈生哇哇惨叫。

张玉郎对着刀尖吹了一口气,镇定地说:"我又没说画符必须用自己的血。"说着又取出一支毛笔,在朱圈生腿上的伤口沾了血，开始画符。

张玉郎拿起画好的符咒，再次施法："天灵灵地灵灵，我爹助我大显神灵！定！"说着，符咒被打进了李铜锁的嘴里。李铜锁瞬间被定住，除了一双眼睛，什么都不能动。张玉郎见状开起玩笑来，拉长声音说了声"起"，李铜锁就站了起来；张玉郎又说"走"，李铜锁就开始走，完全成了受人操控的傀儡。

朱圈生发出"哇"的一声，张玉郎对他说："低调，低调，我明白你的敬仰。"

朱圈生："低调哥毛，我的大腿在出血，疼死我了！"

张玉郎："我有办法让你感觉不到腿疼。"

朱圈生："快说，什么办法？"

张玉郎："呐，让我在你的肚子上割两刀，你就只会感觉肚子疼，顾不上腿疼了。"

朱圈生："去你的，这个时候你还开玩笑。"

张玉郎："那就不开玩笑了，我们现在就去救李银刀。"说着，张玉郎从自己的箱子里取出了化妆的道具，把朱圈生打扮成猪八戒，把自己打扮成高翠兰，两人带上李铜锁，准备往野狼帮而去。李铜锁支支吾吾，想说话却说不出来。

野狼帮的山寨中，李银刀被穿上大红的新娘装，绑在高台的柱子上，用尽全力地挣扎着。狼王正准备最后的练功仪式。过不了多久，练功就要正式开始了，万妖之王的位置仿佛已经来到了狼王身边。在中心的广场上，群妖乱舞，喝酒庆贺大王就要大功告成。那鼎发光的炼丹炉被放置在了广场最中央。

狼王明令小兵们把炉火烧到最旺，然后走到高台之上，站到李银刀身边，伸手捏住李银刀的下巴。李银刀想扭头挣脱狼王的羞辱却失败了。

狼王："娘子，今晚你就是我的人了。"

李银刀："哼，我就是死也不会嫁给你这种畜生！"

狼王："死到临头了，你还嘴硬！"

李银刀："哎呀呀，说你是畜生都是抬举你了，你也不看看自己身上，毛发那么浓密，还有一股臭味，你可不要离我这么近。"

狼王不自信地嗅了嗅自己身上，抬头对李银刀说："你得意不了多久了，我今天晚上杀了你，练成玉女心丹，我就可以拥有金刚不坏之身，成为万妖之王！哈哈哈，到时候别说是你，神仙也奈何不了我。你要是还嘴硬，小心我把你爹和那头笨猪一块杀了。"

李银刀朝狼王的脸上啐了一口唾沫，咒骂他："你会遭报应的！"

狼王抹了把脸，大笑起来："哼，弱者才会遭报应，强者会控制这个世界。你就等死吧。"

剧照

第十章
野狼帮混战

第十章 / 野狼帮混战

野狼帮山寨门口，两个门卫小兵腻歪在一起，缠绵不清。一个小兵将另一个推开，用柔软的嗓音说："讨厌！"

被推开的小兵又一次凑上去说："你放心，我们不会一辈子看大门的。等时机成熟了，我就带你私奔，缠缠绵绵走天涯。"

张玉郎和朱圈生已经带着李铜锁来到了野狼帮门口，见到两个门卫卿卿我我，张玉郎咳嗽一声，两门卫立马松开对方。门卫看着打扮成猪八戒和高翠兰的来者，又看看李铜锁，便问李铜锁："村长，你怎么来了，我们狼王没有请你吧。"

李铜锁被施了法术，到现在还不能说话。朱圈生替他说："两位小大王，我们是李村长请来给狼王大人演戏贺喜的。"

李铜锁想要说话，可只能不停呜呜。两个门卫用奇怪地眼神看他。朱圈生见门卫心生疑虑，便自己圆说："我们村长日夜操劳，最近上火，嗓子哑了。"

李铜锁不停地给两个门卫使眼色，让两人救他。其中一个门卫被他看得很生气，质问李铜锁："你瞅啥？"李铜锁还是无法辩解。朱圈生又替他说："村长最近偷看寡妇洗澡，得针眼了，看谁都那样。"

被瞅的门卫向另一个门卫撒娇说："他瞅我！"

另一个门卫把他搂到怀里安慰他："别生气，咱们瞅回去。"

朱圈生和张玉郎浑身起鸡皮疙瘩。张玉郎说："二位，二位，还请给狼王带个话，说门口有人要进去见他。"门卫不情愿地松开身体，向寨内走去。

朱圈生和张玉郎走进山寨，一眼就看到了被绑在高台上的李银刀。朱圈生控制不住自己，想要上去救人。张玉郎拦住他说："冷静。"

狼王看到三人，问："你们是谁？"

朱圈生点头哈腰地说："我们是李村长特意请来为大王贺喜的。我们今天给大王表演一段戏法。"李铜锁气得直翻白眼，身体却无论如何动不了，嘴里还是只能发出呜呜的声音。

狼王看出了一丝异样，问道："李铜锁，你这是怎么了？"

朱圈生替李铜锁回答："哦哦，回大王，村长他中风了。"

狼王："嗯？中风了还来贺喜？"

朱圈生："由此可见啊，我们村长对您多么忠诚，多么爱戴！"

狼王："哈哈哈，那就快快表演吧，让小的们也乐一乐。"

朱圈生："是是是。"说完，他给张玉郎使了个眼色。张玉郎会了意，手指往旁边的椅子一指，李铜锁就像个木偶人一样，四肢僵硬地走了过去，坐了下来。朱圈生和张玉郎来到一处空地，铺开一面背景布，开始表演猪八戒背媳妇。朱圈生背着张玉郎，心思却全在高台上的李银刀身上。他一边围着场地打转，一边往高台上看。狼王站在那里，又开始调戏李银刀了。朱圈生恨意满满，但只能先忍着。

这时，孙仙郎走上高台，低头向狼王叩拜，然后说："恭喜大王，马上就要练成金刚不灭之身了。只是大王别忘了，还有小的一分功劳，这仙丹也稍稍分小的一点。"

第十章 / 野狼帮混战

狼王看着孙仙郎狞笑起来，他说："放心，你的功劳，我不会忘的。"狼王在心里是恨他的，只因孙仙郎曾传错了消息，害得狼王在野狼帮白白等了半天。突然间，狼王抽出大刀，从刀刃上发出刺眼的光波，迅速劈向孙仙郎。孙仙郎胸口中招，往后退去，见到野狼女前来，便拉住野狼女的腿求救。野狼女用力把孙仙郎甩开，也抽出刀来捅向孙仙郎。这一刀正中要害，让孙仙郎口吐鲜血，顷刻暴毙。

狼王对着孙先郎的尸体说："你算个什么东西，还想分我的仙丹，来人，把尸体抬下去，切碎了喂狗。"两个小兵迅速走上高台，将孙先郎的尸体抬了下去。野狼女收起刀，舔了舔自己沾血的爪子。

朱圈生和张玉郎还在下面表演，两人偷偷看到了孙先郎的死，不由心惊胆颤。

张玉郎："孙仙郎那么厉害，都被狼王杀死了。我看我们没什么胜算。"

朱圈生："来都来了，没有退路。我就算死也要跟银刀死在一起。"

张玉郎笑了笑，抬头跟高台上绑着的李银刀四目相望，只有他们两人知道彼此的身份。张玉郎的话只是用仇恨激发朱圈生的力量。两人还在表演，可演技十分拙劣，台下的观众开始对两人扔石头，说演技太差。

高台上，狼王捏住李银刀的脸蛋说："看到了吗？逆我者死。

别急,马上就轮到你。"狼王说完看了看天空,乌云已经散去,明月升到了高空。狼王问野狼女:"时辰到了吗?"

野狼女点了点头,对台下的小兵大喊:"时辰到了,准备炼丹。"

在李银刀身后待命的几个小兵将李银刀押送到了大炼丹炉前,准备将其填到炉中。野狼女一个翻身飞到炉边说:"听我的口令,等月亮升到正中,马上杀人献祭。"

几个小兵合力掀起了炼丹炉的盖子,将其搬走。炼丹炉内顿时升腾起一股蒸汽,发出幽幽地蓝光。站在高台上的狼王看到此情此景,兴奋地张开嘴,他已经等不及了。

这时不救李银刀,就再没有机会了。戏台上,朱圈生和张玉郎的表演已经没有人注意了。两人互相使了个眼色,渐渐向李银刀靠近,准备下手。可就在这时,一直挣扎着的李铜锁忽然发出一声咳嗽。朱圈生回头一看,发现李铜锁吐出了口中的符咒。

李铜锁大喊起来:"快抓人,那两个人是来救李银刀的。"

经李铜锁一喊,所有人的注意力都集中到朱圈生和张玉郎身上来。两人瞬间暴露了身份。朱圈生丢下面具,飞速冲向离李银刀最近的野狼女,用蛮力把野狼女撞翻在地,抓起李银刀就跑。

李银刀:"八戒,你终于来了。"

朱圈生听得莫名其妙,莫非银刀被吓得精神出了问题,连他是谁都不认得了?不管了,救人要紧。朱圈生带着李银刀向寨门口冲去。

第十章 / 野狼帮混战

被撞倒在地的野狼女猝不及防,一下撞到了炼丹炉上,胳膊和后背被烫得发出嘶嘶的声音。野狼女疼得大叫。狼王看到混乱的局面,立马走下高台,对着小兵们大喊:"快把人抓住,快,别让李银刀跑了。"

朱圈生还在跑,女神大妈变的李银刀在他的背上,不慌不忙地笑着说:"哎呀,八戒,别着急。"

张玉郎在朱圈生后面打掩护,阻拦小兵去抓朱圈生和李银刀。一个个小兵对付起来太费劲,张玉郎一掀衣服,露出一身白衣,亮出娘娘枪,瞬间打死了一片小兵。野狼女见小兵们不占优势,自己冲到了张玉郎面前,和张玉郎打成一团。

"放我下来。"女神大妈说着,瞬间变了身,从朱圈生背上跳下来。她看到张玉郎渐渐不占优势,要跑去帮他。朱圈生跑着跑着,感觉自己背上没了分量,回头一看,李银刀不见了,女神大妈不知何时进入了打斗。

朱圈生:"银刀,你在哪儿?"

女神大妈一边对付野狼女,一边对朱圈生大喊:"呆子,李银刀是我变的,还不快过来帮忙?"朱圈生听得云里雾里,但还是听从大妈的话,加入了战斗。

李铜锁见现场一片混乱,哪边都不会保护自己,便东躲西藏,试图溜走,结果不小心绊了一跤,滚了几个跟头,最后摔在了狼王的脚下,压到了狼王的脚掌。李铜锁忙跪在地上请求狼王饶命。狼王十分恼怒,一把掐中李铜锁的脖子。一瞬间,李铜锁憋得七窍流血，瘫死在地上。狼王对着混乱的现场大喊："竟敢骗我狼王，闹我野狼寨，我要你们死无全尸！"

野狼女越战越勇，渐渐占了上风。张玉郎试图靠近野狼女，却不小心被她抓住了一只手腕，三百六十度甩起来。张玉郎尖叫起来。女神大妈见状提醒他："快使用定身符！"

张玉郎听了，立马抽出一张定身符，贴在了野狼女抓着自己的那只手上。野狼女瞬间被定住了，张玉郎摔在了地上。朱圈生见野狼女不能动了，立马冲上前去，伸出拳头对着野狼女的头左右出击，把野狼女活活打死了。野狼女顿时化成一缕烟尘，魂飞魄散。

狼王见野狼女已经死了，便亲自拿着大刀冲向三人。他眼里闪着绿光，冲三人咆哮道："哪里跑！"

张玉郎试图用刚才的手段对付狼王。他又抽出一张定身符，试图贴到狼王身上，可是狼王法力太强，区区一张定身符根本不起作用，反倒是张玉郎被狼王一把抓住打成重伤，吐血倒地。

女神大妈试图趁狼王收拾张玉郎的瞬间暗袭狼王，却被狼王及时发现。狼王一把抓住女神大妈，对她说："你这婆娘，竟敢假扮李银刀，我要你的命！"

女神大妈冷笑一声，说："你在凡间为非作乱，喝人血，要人命，已经惊动了天庭，今天就是你的死期。"

狼王听后大怒，举起大刀向大妈砍去。

"住手！"

第十章 / 野狼帮混战

一声叫喊让狼王迫不及防。他循声看去,只见真正的李银刀来到了野狼寨。张天师带着两个仆人站在李银刀身后,仔细寻找自家少爷。狼王见到李银刀,大笑起来:"哈哈哈哈,我还以为再也找不到你了,你倒自己送上门来,受死吧!"

朱圈生见到李银刀,大声喊道:"银刀,你怎么来了?快逃,快逃。"

女神大妈也没有料到李银刀会出现在野狼寨,计划有变,只能临时改变战术。她瞬间化成一缕烟,从狼王手中逃了出来,又在李银刀身边显形说:"你快走,不要留在这里。"

李银刀说:"我要亲手杀了狼王!"

张天师大叫起来:"张玉郎,你这个畜生,你在哪儿?"

张玉郎在地上吐着鲜血叫了一声:"爹……"

张天师低头一看,在不远处,自己的儿子正躺在地上奄奄一息。他怒火中烧,直奔狼王而去。

狼王来不及躲闪,被张天师隔空击了一掌,捂住胸口惨叫一声。张天师要继续攻击,狼王乘机提刀刺向张天师。张天师及时躲闪,让狼王扑了空。张天师和狼王保持一定距离,闭上眼睛默念降妖咒语。狼王立马有了反应,躺在地上抱头打滚。站在一旁的朱圈生看到狼王要败下阵来,对张天师大喊:"念得好,念得好,大法师,收了他。"他还不清楚张天师是什么来头。

躺在地上的张玉郎说:"你个死猪头,还不快来救我……我……"

朱圈生这才走到张玉郎身边，将他扶起来，用衣袖抹去他嘴角的血。女神大妈则执意拉着李银刀往野狼寨外走去，路上不时有小兵阻拦，都被大妈一击毙命。眼看狼王就要全军覆没，没有活路了，可让张天师没想到，狼王突然使出暗器，飞速射向张天师。暗器正中张天师胸口，他口喷鲜血，再也无法念咒语。

　　狼王重新站起来，狂笑不止，他说："我不管你是什么来头，和我狼王对着干，休想活命。你们所有人，今天都得死！"

　　张天师用最后的力气猛地扑向狼王，一把抱住狼王的脚踝，对大家喊："你们快走！快！"

　　张玉郎大叫一声："爹！"

剧照

第十一章
飞天大野猪

第十一章 / 飞天大野猪

所有人都不忍心离张天师而去。狼王对着脚下的张天师一阵猛击,张天师口中不断喷涌出鲜血。张玉郎见状,对狼王怒吼道:"我跟你拼了。"说完猛咳起来,又吐出一口鲜血。他已经没有力气救爹爹了。

狼王对张天师说:"你找死!我要打断你的每一根骨头,让你知道招惹狼王的下场。"狼王说完,先后踩断了张天师的两条腿,又打断他的一条胳膊。张天师仍然死死抓着狼王不放,直到狼王将他的另一只手臂也打断,他再也没有力气阻止狼王了。

李银刀已经随女神大妈走到了门口,听到张天师的惨叫声,她立即折返回来。女神大妈见状,也跟着走了回去。李银刀曾得到张天师的悉心照顾,不忍心看到张天师死在狼王手里。她对着狼王大喊道:"你这个魔头,我要跟你同归于尽。"说着就冲了上去。

朱圈生一把松开张玉郎的身体,对李银刀大喊:"银刀,回来!"可是,李银刀已经冲到狼王跟前,谁也没有拦住她。她当然不是狼王的对手,刚冲过去就被狼王揪了起来。狼王狞笑着说:"李银刀,月亮已经到了正中,准备进炼丹炉吧!"狼王说着就要把李银刀扔进炼丹炉。

女神大妈见势不妙,大喊一声:"娘娘枪!"

狼王停住手,质问她:"你说谁娘娘腔?"

女神大妈不理狼王,快速冲到张玉郎身边,从他怀里掏出娘娘枪,把枪口对准了朱圈生的胸口。

朱圈生吓得哆嗦起来:"大……大妈你……你要干什么?原来你和狼王是一伙的……"

女神大妈说:"八戒,不要误会我。"说完,一枪打中了朱圈生的胸口。只见金光一闪,朱圈生突然不见了。这道金光收束起来,浮上半空,幻化成一头大野猪。大野猪张口狂啸,野狼寨内顿时狂风四起。

狼王愣在了那里,惊惧地说道:"怎么回事?看来我今天也得用我的真本事了。"他说完也飞上半空,幻化成为一只眼睛闪着绿光、獠牙露在外面的大野狼。

大野猪和大野狼在空中撕咬起来。野狼一声长啸,猛扑向野猪。野猪没有躲闪,直接张开一张大嘴,等到野狼冲了上来,一口咬住野狼的头部,把整个头啃了下来。狼王最终被野猪咬死,残余的尸体掉落到地面上。

大野猪在空中又变回一束金光,慢慢流落地面,幻化成朱圈生本人。朱圈生揉了揉眼睛,从地上爬起来。看着眼前的安静场面,好奇地问:"刚才……发生了什么?"

李银刀喜极而泣,冲上去一把搂住朱圈生的脖子,情不自禁地流出泪来。朱圈生被这突如其来的甜蜜灌醉了,停留在李银刀的温柔乡里。

朱圈生:"银刀,我刚才做梦梦到,你差点被狼王扔进炼丹炉里。"

李银刀:"是你救了我,是你救了我,是你是你是你……"

第十一章 / 飞天大野猪

朱圈生拍拍李银刀的背说："你哭啦？"

李银刀说："没有，我是太高兴，太感动了。"她慢慢松开朱圈生，久久注视他的眼睛，问他："你为什么可以变成野猪，打败狼王？"

朱圈生问："你在说什么？我变成野猪打败狼王？"

李银刀："装什么蒜啊，你从哪儿学来的本事，我怎么从来没见过，想瞒着我是不是？"

朱圈生："我不敢瞒你，我……我什么都不记得了，一醒来就看到你们……哎！"朱圈生要抬手去握李银刀的手，突然发现自己手掌中多了一个九齿钉耙的印记。他自言自语："这是什么东西？"

李银刀凑上去看，也说不清是什么。女神大妈看着眼前的一幕，温柔地笑了。他右手一挥，幻化成曾经出现过的女神仙，背后闪烁着淡淡的金光。

女神仙："八戒。"

朱圈生大喜："神仙姐姐，原来你就是女神大妈！"

女神仙："朱圈生，这下你应该信了，你就是天蓬元帅转世，下凡历劫。我是专门来到人间帮你渡劫来了。恭喜你过了第一劫，不过前路漫漫，真正的考验还在后面。"

女神仙说着，右手一挥，一个银色的九齿钉耙落在朱圈生手里。朱圈生看着钉耙，惊喜不已。女神仙继续说："这九齿钉耙是我赐予你的武器，它会在关键时刻帮你渡过劫难，完成考验，重回仙班。"

朱圈生："我明白了，神仙姐姐，但你能先把裤子穿上吗？"

女神仙低头看去，发现自己下身只穿了一条裤衩，裤子掉在了地上。女神仙尴尬地解释："哎，大妈的裤腰太肥了，我一变回原形就掉裤子。"说完，女神仙灰溜溜地飞走了。

朱圈生和李银刀互相看看，哈哈大笑起来。这时，躺在地上的张玉郎喘着虚弱的气息，对朱圈生说："你这猪头……我……我和我爹的死活你也不管。"

朱圈生向地上看去，只见张玉郎和张天师分开两地，一人倒在一片血泊中。他立马从高兴的情绪中走出来，左手抱起张天师，右手抱起张玉郎，飞速向白云城跑去。

朱圈生："银刀！你快跟上！"

李银刀看着朱圈生的背影，会心一笑，她在后面跑起来。

李银刀从朱圈生的口中得知，李屠户在被救出后不久就已经离开了人世。她在朱圈生的引领下来到那片埋葬李屠户的荒漠中，找到那座坟头，趴在上面痛哭起来。黄昏时分，一场大雨刚刚过去，晚霞爬上西天，映红了李银刀的脸。

李银刀："爹，狼王已经死了，我和圈生给你报仇了！"

朱圈生看着李银刀，不断抚摸她的头，安慰她不要伤心。可李银刀还是伤心不已，回来后好几天都躲在家里，茶不思饭也不想，任凭朱圈生怎么逗她都无济于事。这期间，朱圈生不仅要忙着安慰李银刀，还要回应铜锁村村民的来访。因为除掉了狼王，

第十一章 / 飞天大野猪

他成了全村的英雄。

又有人来敲朱圈生的家门了。朱圈生走去开门,原以为是村民前来道谢,没想到开门一看,来者竟是跟自己并肩作战的张玉郎。

朱圈生:"张玉郎,你是怎么找到我家的?"

张玉郎只是一个劲地笑,从他身后传来一个声音:"还有我张天师找不到的地方吗?"

朱圈生走出门去,这才看到张天师还带着几个仆人站在门外。李银刀在房间里听到了外面的对话,急忙跑出门去,一把握住张天师的手:"老爷,你怎么来了?"

张天师:"哎,我知道你爹被狼王害死了,你和朱圈生都很伤心,我想亲自过来看望你们,给您们带点薄礼。"说着,张天师命令几个仆人将新衣服、新棉被和新猪崽带进院子里。朱圈生看到粉嫩的小猪罗,兴奋得忘记了道谢。李银刀瞟了朱圈生一眼,转头对张天师说:"有劳您费心了。"

张玉郎:"就知道谢我爹,没我什么事咯?"

李银刀一改严肃面孔,调皮地说:"当然也要谢你啦,大恩人。"

张玉郎笑了笑,对张天师说:"爹,我们商量好的事你还没说呢,现在就告诉他们吧。"

李银刀:"什么事?"

张天师:"就是……"没等他说完,张玉郎一把接过话头说:"还是我来说吧,就是……我和我爹准备接你们到白云城去住。"

李银刀:"白云城?"

张玉郎:"对,就是住我家。"

张天师:"没错。主要是考虑你们无父无母,此后在铜锁村难以立足,不如就到我们府上,我让仆人给你们腾出一间房来,你们想住到什么时候就住到什么时候。"

李银刀感觉不可思议:"一间房?"想到自己要跟朱圈生睡在一起,她还丝毫没有心理准备。

张玉郎:"当然是一间房啦,你一个人用两间房做什么?"

李银刀:"你们的意思是把朱圈生留在铜锁村吗?"

张玉郎:"当然不是,朱圈生跟我住一间。"他看了看远处的朱圈生——躺在猪圈外的朱圈生抱着新送来的小猪,十分惬意。张玉郎对他大喊:"是不是,朱圈生,你愿意搬到我家去吗?"

朱圈生坐起来问:"什么?"他没有听清。

李银刀为自己刚才的想法羞红了脸,不好意思抬起头。张天师见了,对她说:"银刀姑娘,不要见外,我们既然亲自来了,就是真心诚意想让你们去的。"

朱圈生这时已经走了过来,他问:"去哪儿?"

张玉郎:"去我家啊,飞天神猪。以后就住在我家吧,离开铜锁村。"

李银刀:"我不能去。"

张玉郎:"为什么?"

李银刀:"我爹把我从小养大,我一直住在这个院子里,我对这里有感情,还不能离开。"

张玉郎:"可是可是可是……等等……你爹都去世了,你留在这里总会想起他来,免不了感到痛苦。还是离开这里吧。"

朱圈生终于听明白了,他说:"银刀在哪里,我就在哪里。"说完,他拉起李银刀的手对她说:"银刀,其实张玉郎说得挺对的,你在家里睹物思人,这几天过得失魂落魄,我也是看在眼里疼在心里。其实,我有一个想法……"

李银刀:"你说。"

朱圈生:"我想带你去浪迹天涯,四海为家。"

李银刀没有说话,他从众人面前走开,找到一块空地坐了下来,胳膊抱住膝盖,又偷偷抹起了眼泪。朱圈生见银刀又想到了伤心事,便追上前去,坐在他旁边安慰她:"银刀,如果我说错了,你就打我,像以前一样打我,我再也不说,我们就留在这里。"

李银刀缓缓抬起头,看着朱圈生的眼睛,看了很久。她说:"你说的是对的,爹爹死了,这儿已经没有我留恋的东西了。我们应该离开铜锁村,我们应该四海为家。"

朱圈生高兴地从地上跳起来说:"太好了,那就这样说定了。"李银刀一边擦干眼泪一边笑。张玉郎在一旁听到了他们的约定,转头对张天师说:"爹,他们不去我们家了,他们要四海为家。"

张天师:"江湖路远,漂泊流浪,居无定所。年轻人要谨慎啊。"

张玉郎:"爹啊,我也想去。"

张天师:"就凭你?万一又遇到下一个狼王,你这条小命可就再也没有了。"

张玉郎："爹，既然我学了降妖除魔的本领，就要理论结合实践！我要努力做一个真正的捉妖师，光大我们张家的门楣！"

张玉郎立马把朱圈生和李银刀拉过来，让他两人为自己求情。张天师见拗不过自己的儿子，只好忍痛割爱，他说："也好，趁年轻，随你去吧，哪天遇到了危险，记得爹在白云城等你。"

张玉郎兴奋地围着院子大跑一圈，最后向大家比了个胜利手势。在与狼王的惨烈厮杀中，他和朱圈生建立起了深厚的友情。张玉郎想着，凡是朱圈生在的地方，他总会感到快乐，即使是浪迹天涯，四海为家，他也在所不惜。张玉郎忽然想起一件事，他说："朱圈生，你打算什么时候向银刀姑娘求婚啊？"

朱圈生被问蒙了。他对李银刀的感情还处在朦胧的喜欢状态，令人并没有确定关系。再说，整个铜锁村内外都是父母指婚，没有自由结婚的道理，他从没有过非分之想。可是真的没有过吗？朱圈生想，他多少次梦里梦到跟银刀走到了一起，梦到他们生了很多很多小猪……他一定是想过。

李银刀听了张玉郎的话，脸上泛起微红。她转头走向远处，装作什么也没有听见。她有一种直觉，认定朱圈生愿意与自己永结连理，可是，女孩子欲迎还拒的思绪又在她的心里作祟，让她觉得说什么都难以启齿。况且，她已知道朱圈生是天蓬元帅降世，身负天命来此地降魔，而自己不过是一介凡人，不知未来两人会是什么样的境况。她只能不答应。

第十一章 / 飞天大野猪

张玉郎的话也问到朱圈生的心坎上，触到了他欲望最深、压抑最久的心底之事。朱圈生知道天命难违，他落入凡间本是为降妖除魔而来，眼下还不能为儿女情长之事动太多心思。他沉默着，望了望李银刀的背影。

剧照

第十二章

又见女神仙

在张天师依依不舍的目送下，朱圈生、李银刀和张玉郎三人终于上路了。他们一路西行，走过城镇和村寨，住过森林和荒草地，见识过江湖上的各路高人，实在是历练和成长了很多。

转眼进入盛夏，四处闯荡的三个人行至一片沙漠之中。骄阳似火，照在茫茫的沙漠之上，蒸腾起一股沉闷的热气，让三人又热又渴。

张玉郎打起了退堂鼓。他用虚弱的嗓音说："早知道……哎，早知道有这一天，当初就不跟你们出来混了，在府里做我的少爷多好啊，不愁吃，不愁穿，还有那么多妹子陪着自己，没想到啊……今天我就要死在这沙漠里了……"

李银刀："张大少爷，你要是想回去，现在回头还来得及。"

张玉郎向身后看看，一片荒漠望不到头。他无奈地叹了口气说："来不及了。"说完便一头倒在了地上。三个人都清楚，要是一直这样持续下去，他们一定会迷失在沙漠之中，说不好会死在里面。三个人陷入了可怕的沉默之中，全都闭着眼睛，像死人一样。

已经是他们在沙漠中走的第五天了，可是一口水也没有见到。朱圈生走在最前面，原本健壮的身躯终于体力不支，晕倒在地上。李银刀和张玉郎跟在后面，见到朱圈生晕倒了，心里没了支柱，也纷纷晕倒在地上。

朱圈生躺在地上，饥渴中出现了幻觉，他仿佛看到了一大股水流倾泻在自己的脸上，既凉爽，又解渴。他迷迷糊糊地睁开眼睛，

第十二章 / 又见女神仙

发现果然有大股的水掉在了自己的脸上,再仔细看,是女神仙拿着小小的白玉净瓶,用柳枝在往他脸上洒水。

"八戒,你醒啦,要不要再来一点?"

女神仙说着,又一挥柳枝,一大股水流直接泼在了朱圈生的脸上。朱圈生惊喜地大张开嘴,一边喝着掉下来的水流,一边用它湿润自己的脸部。旁边的李银刀和张玉郎昏厥得太重,没有注意到女神仙的降临。

"神仙姐姐,你终于来了,我们迷路了!"朱圈生一边说,一边抱住女神仙的大腿大哭起来。

女神仙:"不哭不哭,给你们带水了。"

水?身后的李银刀和张玉郎听到"水"这个字,立即坐起来。

"水!水!水在哪?水在哪?"张玉郎急切地问。他看到女神仙手中的白玉净瓶,立即冲过去抢,可是被李银刀抢先一步。李银刀拿着瓶子大口喝起来。

张玉郎:"给我留一点。"

两人争抢起来。女神仙趁这时候拍了拍朱圈生的肩膀说:"八戒,我有悄悄话要跟你说,你随我来。"

女神仙和朱圈生勾肩搭背走到一边。女神仙开口说:"上次再见的时候忘了跟你说,你要降服的第二个妖怪在兴安府。这个妖怪和你前世有过节,你小心一点。还有哦,你会遇到一个漂亮女人——"

"漂亮女人?是谁呢?"朱圈生问。

"这个嘛,当然就是……"女神仙刚要说却住了嘴,她斜眼瞟向身后,朱圈生也顺着她的眼神看过去。只见李银刀已经跟了过去,偷听到了他们的对话。

李银刀:"什么漂亮女人?快说是谁?"

女神仙咳嗽了一声说:"该说的我都说了,我要走了,Goodbye!"

女神仙说着,站在原地高举起双臂,大喊一声:"天外飞仙!"她用力跳了一下,可结果还是停在原地没有动。

朱圈生等人尴尬地看着她。女神仙不好意思地说:"失误失误,再来一次,天外飞飞飞飞飞飞飞仙——"

话音刚落,烟雾四起,女神仙扑腾一声不见了。

张玉郎站在一边大叫道:"我们赶紧趁着恢复了体力,继续赶路吧!"

李银刀回过头来,死死盯住朱圈生的眼睛,对他说:"朱圈生!不要忘了我们已经是夫妻了,你要是敢再喜欢别的女人,小心我割了你的猪头下酒!"

朱圈生:"不敢不敢,你别听女神仙乱说,就算真的有漂亮女人,我也不会动心的。"

女神仙突然又出现在他们眼前,皱着眉头责怪起朱圈生来:"八戒,你刚才说谁是乱说?不要以为我飞走了就什么也听不到了,我可是最讨厌在背后说我坏话的人了。我不跟你在这里啰啰嗦嗦,我最讨厌你这种啰啰嗦嗦的人了。你要是再说我坏话,那

第十二章 / 又见女神仙

我就再告诉你一遍,我没有乱说,你会遇到一个……"

"女神仙!"

张玉郎打断了女神仙的话。他继续说:"女神仙,你先听我说!你看,我们要继续赶路,可是我们迷路了,不知道怎么出去,您能不能给我们带路,走出这片沙漠?"

女神仙听着张玉郎的话,看都不看他,只是回答说:"路自然会有的。我只是要把我的话说清楚,八戒,你会遇到一个……算了,我又不想说了。"

说完,她又一个"天外飞仙"飞走了。李银刀拉起朱圈生的手,对他说:"圈生,我相信你。"

张玉郎不耐烦地说:"你们就不要再喂狗粮了行不行?我们迷路了,迷路了,你们听不懂吗?"

三个人向远方望去,只见不知什么时候,一条笔直的道路出现在沙漠中央,迢迢遥遥伸向了远方。三人背负行囊,继续向前走去。

剧照

第十三章

大小法师

八戒降魔

要说朱圈生的第二次劫难,得先从一大一小两位法师说起。一天,一个大法师带着他的师弟小法师走到了兴安府城内,此时已是深夜,小法师举着灯笼走在前面为大法师开路。巡夜的官吏敲着锣,提着灯,边走边喊:"天黑莫出门,小心狼出没!"

大法师和小法师看着官吏的背影渐渐远去,声音渐渐消失。不一会儿,远处就传来了几声狼叫,小法师吓得丢掉灯笼,紧挨在大法师的怀里。

小法师问:"师兄,这是不是狼来了啊?"

大法师一把推开小法师,捡起地上的灯笼责备他说:"是狼又怎么样?我们是修道之人,若此胆小的话,还怎么降妖除魔?"

小法师辩解道:"师兄,我说的是狼,狼不是妖魔啊。"

大法师噴了一下嘴,批评小法师说:"你有经书护身,野兽也不能拿你如何,怕什么?"

身后狼声逼近,小法师吓得大叫:"师兄,狼追过来了,怎么办怎么办?"小法师回头一看,只见大法师早已跑到了百米开外的地方。

大法师喊道:"你有经书护体,我可没有啊!"

小法师也喊道:"师兄等等我啊!"说着便追了上去。

刚才一阵着急跑路,灯笼被打灭了,明月也被乌云遮了起来。两人摸黑走了没多远,小法师突然停住脚步,对大法师说:"师兄,你看,那边有灯光。"

大法师:"走,过去看看。"

第十三章 / 大小法师

两人跑进一座院子,发现里面是富丽堂皇的阁楼。小法师高兴地说:"师兄,今晚我们有地方住了!"说完就要往阁楼里冲。

大法师一把拦住小法师说:"当心有妖怪。"两人慢慢向阁楼靠近,视线越来越清晰:阁楼前挂着许多红色的帷幔,帷幔飘在风中,诡异地拂过两人的身侧。两人继续走到门前,看到阁楼上有块牌匾,上面写着"烟翠楼"三个大字。

大法师一下开口笑了,他说:"烟翠楼,好,今天就在这里歇脚吧!"

小法师:"师兄,你刚才不是还说,这里可能有妖怪吗?"

大法师:"你真是蠢死了,烟翠楼,你看这名字,不就知道,是干那个的吗?怎么会有妖怪?"

小法师:"干哪个的啊师兄?"

大师兄一脸色相,急不可耐地说:"别问了,进去你就知道了。"

两人推门走进烟翠楼。一门之隔,仿佛两个世界,楼内莺歌燕舞,高朋满座,许多女子在陪客人喝酒。

小法师还是有些担心,他问:"这偏僻角落,怎么会有如此繁华的酒楼和寻欢作乐的人群?"

大法师:"你这傻瓜,这种地方本来就是在偏僻角落才能找到啊。"

小法师:"万一是妖怪呢?"

大法师:"是妖怪正好,让我收了他!"

楼阁内部声音杂乱,没有人注意到大小法师的进入。两人找了一个空桌子坐了下来,小法师看到桌上有一根鸡腿,顿时感到饥肠辘辘,他四下望了望,偷偷拿起鸡腿就要啃。大法师瞪了他一眼,命令他:"放下!小心有毒。"

小法师放下鸡腿,委屈地说:"师兄,我好饿。"

大法师:"这样的话,让我来判断一下有没有毒。"他说完,拿起鸡腿啃起来,三五下就全吃完了。小法师看着自己的食物落入师兄口中,只能无奈地摆摆头。

没过多久,台上的舞女们散去,走出来两个更加肤白貌美的女子。两人一个名叫柳月,一个名叫飘絮,都是这烟翠楼的红人。两人在舞台上展开了斗舞。满场的气氛被带动,众人立刻欢呼起来,跟着洗脑的节奏和诡异的音乐声跳起舞,酒楼内的所有人无不狂喝滥欢,男子们纷纷追逐着那些衣着暴露的妖艳女子,投入美女的温柔乡里。

只见两个美女缓缓走下舞台,向着两个法师走去,边走边脱下衣衫,向人群扔了出去。宾客们纷纷抢夺起来。

小法师有些又害羞又害怕,他问大法师:"师兄,这些女人这么漂亮,你说会不会是妖怪啊?"

大法师看入了迷,口水不断流出来。他说:"妖怪妖怪妖怪,你就知道是妖怪,就算是妖怪,那也是漂亮的妖怪。"

说话间,柳月已经来到大法师面前,玉手一伸,让大法师顿时色心大起,他撅起嘴来就要去亲,却一直没有亲到,反倒被柳

第十三章 / 大小法师

月勾引到一旁。

小法师实在看不下去了,他鼓起最后的勇气,责备大师兄:"师兄!你的修行让狗吃了吗?"

大法师:"这个场合不要跟我谈修行,修行个毛!牡丹花下死,做鬼也风流。"

小法师要去挽回大法师,却被另一位美女飘絮缠上了。飘絮百般诱惑,终于打动了小法师。小法师眼睛一闭,自言自语道:"妖怪就妖怪,死就死了,师兄都沦落了,我还坚守什么,来吧。"说着就向飘絮怀里扑去。

两位法师被两位美女迷得神魂颠倒,已经忘了自己的身份。就在众人纵情享乐的时候,一个身着黑色披风,面相凶恶的身影从舞台上方一飞而下。他正是烟翠楼的老大,名叫法王。法王左掌一挥,发出一道光束,光束抓向已经迷醉的大法师。柳月熟练地闪开,让法王顺利地将大法师抓走。

大法师看到法王,立即醒悟过来,连忙拿起桃木剑要收了眼前的妖怪。法王的光束被桃木剑反射回去,打在了法王自己身上。法王痛叫一声。

这一反击热闹了法王,他大掌一挥,用妖力将大法师扇到了柱子上。气氛顿时紧张起来,刚刚还在撒欢作乐的人群瞬间全部消失,现场气氛变得恐怖又诡异。

小法师听到大法师一声大叫,也醒悟过来,一把推开身上的飘絮,向大法师跑去。小法师从柱子下面扶起大法师,问他:"师兄，伤到没有啊？"

大法师站起来说："你眼瞎吗，没看到我在流血？哼，不过也没事，我今天就让你见识一下真功夫，你看我怎么收了这个妖怪。你不要怕！"

小法师："师兄，我没怕，是你的腿一直在打颤啊。"

大法师低头一看，自己的双腿中间堆积了一片尿迹。

法王看到大法师吓尿了，哈哈大笑起来，他说："你沉迷女色，毫无定性，算什么修道之人，今天我就让你死个痛快。"说着法王大喊："春！梦！大！法！"

白光一闪，大法师瞬间中了"春梦大法"的邪，陷入幻觉之中。他感到自己被众多的女妖包围，十分快活。而现实之中，他坐倒在地上，流淌着鼻血，笑得一脸淫荡。小法师见师兄要死了，猛摇他的身体说："师兄，师兄，你怎么了？你可不能抛下我一个人不管啦！"

大法师呻吟着："美女……好幸……"话没说完便头一歪死了。

小法师见大法师死了，便一个人向门口跑去。法王冷笑一声，再次发出光束，径直伸向小法师。

小法师刚到门口，大门被猛地关上了，法王的光束已经伸了过来，抓住小法师往后拖拽。小法师突然想起了师兄说过他有经书护身，于是他双手合十，喃喃念起经来。怀里的经书突然发光，飞到空中，经书上的字一个接一个地飞出来，形成一面文字墙，

第十三章 / 大小法师

挡在自己和法王的面前。

小法师喊:"我有经书在,不怕你!"

法王大笑:"你六根不净,经书也救不了你!"

法王说着,双手发功,经书顿时烧了起来,落在了地上,光束墙也消失了。小法师连忙去抢救经书,发现经书已经被烧成了灰。

小法师:"完了!完了!"

法王的手一挥,用妖力把小法师吸到自己手里。在一声惨叫后,小法师被吸成了一堆粉末。

飘絮看到后,立刻上前称赞法王:"大王破了他的经书,果然法力高强。"

在一旁的柳月没有说话,她背过脸去,不忍看到眼前的一幕。这引起了法王的注意。法王突然伸手一吸,将柳月拉到自己面前,掐住她的脖子问:"为什么不看?你是不是同情这些狗东西!"

柳月:"我没有。"

法王猛地将她摔在地上,大吼道:"撒谎。"

柳月滚落在地上,身上掉下来一块半月形的玉佩,她慌忙捡起来,攥在手心。等柳月站起身来,法王依然不解怒气,又用力扇了柳月一个耳光。柳月被打得嘴角流出鲜血。

法王指着那个玉佩说:"你竟然还留着这个东西,你忘了自己是怎么死的了!"说完,他手掌一挥,墙上的一展莲花灯分离出一道火焰。火焰飞到法王手中,在法王的咒语下,火慢慢变小了。

柳月的身体跟着火焰有了反应。她仿佛陷入了冰窟之中，浑身开始冒冷气。柳月痛苦地哀嚎，大喊着"饶命"。法王的另一名手下飘絮看到柳月被惩罚，露出了得意的笑容。

飘絮不冷不热地说："柳月啊柳月，亏得法王一向疼你，你这样，可真让法王痛心啊。"

柳月气恼地看着飘絮。法王被飘絮一激，下手越发狠起来。柳月磕头哀嚎："法王饶命！柳月再也不敢了！"

法王这才停下手来。他大手一挥，火焰便回到了墙上的莲花灯中。这时的柳月也渐渐恢复了元气，虚弱地躺在地上。

法王愤恨地说："这些男人一个个贪淫好色，奸诈险恶，根本不配活在世上！我们杀了他们，是替天行道！歼除祸害！"

柳月："法王教训得是，柳月知错了。"

法王点了点头，对众女妖说道："你们的魂魄都在我手里！好好听话，待我得道成仙，自然不会亏待你们。若不然，我要你们全部灰飞烟灭，永世不得超生！"

法王一挥衣袖，身后的莲花灯火焰晃动了一下，柳月的胸口也伴随着一次阵痛。

女妖们见状，吓得纷纷跪倒在地上，个个瑟瑟发抖地说："奴婢谨遵法王教诲。"

法王深吸一口气说："五天以后，便是我修炼的吉日，只要得到那个人的仙骨，我便可以得道成仙，一步登天了，哈哈哈哈哈。"

飘絮立即搔首弄姿说:"法王,你说的那个人在哪儿?我去替您捉来。"

法王摆摆手说:"不行,你行事太过莽撞,还是让柳月去。此人名叫朱圈生,已经来到兴安府,务必将活人带到烟翠楼!"

柳月领命:"是!"

飘絮被当头浇了冷水,嫉妒地看着柳月,在心里说:"为什么每次都是你……"

剧照

第十四章

足浴店风波

朱圈生三人一路前行，在这天中午走进了兴安府。三人走得太累，加上烈日晒出了油乎乎的汗水，张玉郎提议大家去足浴店快活一番。

足浴店并不难找，兴安府的大街小巷中俯拾皆是。三人走到最近的一家足浴店门口，二话不说就要进去，却被老板娘拦住了。三人不解。

张玉郎："凭什么不让我们进？你这生意还做不做了？"

老板娘一改脸色，发出深谙世道的笑声："不是不让二位公子进，只是她不能进……"老板娘指着李银刀，一个劲摇头。

李银刀："凭什么？"

老板娘指了指店门前的四个大字——"女宾止步"，接着说："抱歉啦姑娘，我们只接男客人。"

李银刀十分无奈，眼睁睁看着张玉郎迫不及待地拉着朱圈生走了进去，而她只能一个人在外面干等着。她闲来无事，到不远处买了两个包子，又折返回来，坐在足浴店门口一边吃包子一边生着闷气。她暗自骂起来："说是来兴安府捉妖，结果两个没良心的一到兴安府就来做足浴，还把自己撇在门外，什么鬼地方，还只招待男客，害得老娘在这儿吹风。"

足浴店内部却是截然相反的境况。老板娘安排朱圈生和张玉郎坐下来，然后熟练地叫一声，立刻就有一排年轻漂亮的低胸红唇女站在了两人面前。老板娘十分热情地向两人推销起店里的服务，她先夸道："看两位公子，玉树临风，英俊潇洒，一看就不是普通人。"

朱圈生还是头一次听到有人这么赞美自己，乐得直点头。

老板娘："第一次来兴安府吧？来我们店就对了！我们店的招牌是欲仙欲死套餐，是所有到兴安府的客人都要来体验一下的特色，一百两银子一人，保证做完之后比做神仙还舒服！"

朱圈生脸色顿变，站起来就要出门，他说："这是什么套餐？要一百两？一百两够我买好几头小猪罗了！"

老板娘急忙拉住朱圈生说："什么小猪罗呀？哎呀公子，我说的就是……你懂的，就是那个嘛。"

"哪个？"朱圈生问老板娘，转头又问张玉郎，"什么是那个，张玉郎你知道吗？"

张玉郎感到有这样的朋友十分尴尬。他捋捋头发说："啊？我，我当然知道啊，本公子什么没见过，那个嘛，就是那种……那种可以保护身体，让人很健康的活动嘛。"

可朱圈生还是不明白，他说："什么活动，那也用不着一百两银子吧？"

张玉郎感到朱圈生很给自己丢脸，他说："说了你这种土鳖也不懂。哎，老板娘，本公子一直过的都是锦衣玉食的生活，这种套餐做得太多了，完全没有新鲜感，偶尔也想体验一下平民一点的东西。"

老板娘："平民一点的……平民一般不来我们这种地方的，不过我明白你的意思。"她取来一本价目单，递给张玉郎说："你看看这个套餐怎么样,醉生梦死套餐,五十两一位,很实惠了。"

张玉郎:"嗯……这个嘛,还是不太平民。"他说完又翻了好几页,突然指着价目单最后一行说:"我看这个不错,暹罗马杀鸡,一两一位,看着就挺洋气的,我们俩都点这个吧。"

张玉郎把账单递给了老板娘。朱圈生听到一两一位,点头表示认可。可是老板娘却瞬间拉下脸来。她接过账单,"啪"地一下合上,手一挥,让一整排按摩女都走了出去,然后大喊:"翠花,如花,你们上!"老板娘说完又小声嘀咕了一句:"没钱就没钱,装什么装,切。"

朱圈生和张玉郎装作看不见,坐在靠椅上闭起了眼睛。由于旅途劳顿,张玉郎一放松下来便产生了睡意。他的头渐渐昏沉起来,仿佛掉落进一个已经设计好的梦境里。梦中的他看到了燃烧的大火,他像是被火勾引了魂魄,慢慢走到火堆旁,这时清晰地看到一名女子正在火中燃烧着,痛苦地惨叫着,就要被烧死了。火光时强时弱,照亮了女子痛苦的脸。张玉郎只是看着,并不认识她,但又仿佛早已认识了一样。这时,女子抬起头来,看到了张玉郎站在那里,便大喊起来:"救命啊!救命啊!"

张玉郎这才想到该立刻救人。可是火这么大,怎么救呢?水,应该找水。水在哪呢?张玉郎心里着急起来。

"水……水……"张玉郎呻吟着,瞬间从梦中惊醒过来,额头渗出了很多汗珠。

"水来了!"

第十四章 / 足浴店风波

声音来自翠花、如花。两人各自端着足浴盆走上前来。

"我是翠花。"虎背熊腰的翠花大妈自我介绍。

"我是如花。"相对瘦弱的如花大妈也自我介绍。

张玉郎和朱圈生都看愣了。他们从没有见过这样身材的女服务员。两人傻看着不说话。

翠花大妈粗声粗气地说:"哪一个先来?"

张玉郎立马指着朱圈生说:"他!他先来!"

朱圈生:"什么?"

还没等朱圈生反应过来,翠花大妈就上前一把将朱圈生提起来,按在旁边的一张床上,用力扭住他的胳膊,说:"做足浴之前,先来一个全身放松。"

朱圈生"哇"地哀嚎一声,声音如同杀猪一般。叫声充分刺激了翠花大妈,她更加用力地给朱圈生放松起了身体,朱圈生就跟着惨叫不停。张玉郎在旁边看着,捂着肚子笑个不停:"朱圈生啊朱圈生,你的肾不行了,以后估计生不了小猪了,哈哈哈!"

话还没说完,瘦弱的如花大妈也对着张玉郎下手了,一胳膊肘下去,张玉郎叫得比朱圈生还要大声。如花大妈说:"先别嘲笑他。你的阳气太弱,得治!"说着,她把张玉郎的腿又反过来,张玉郎也止不住地惨叫起来。

朱圈生:"受不了了,不按了行不行!我们加钱,我们退出。"

翠花大妈:"不做不行!我们的服务就是干到最后,不干到最后会被罚款的。一刻不停!"

朱圈生和张玉郎的叫声一声高过一声，两人此起彼伏地叫着，声音传出了店门外，被李银刀听到了。李银刀以为这惨叫是极乐的声音，更加吃醋起来。就在这时候，店内突然有个女人喊起了"救命"。

好熟悉的声音，张玉郎想。他抬头看去，一名女技师在二楼被一群流氓欺负了。再仔细看，女技师的容貌跟自己梦境中看到的竟完全相似。只见女技师逃到楼梯上，正好被流氓们截住，楚楚可怜。

女技师："客官，求求你不要这样，我只卖艺不卖身，请你放尊重一点。"

流氓："尊重？你是什么身份？敢跟我提尊重？谁不知道这里提供那个啊？想加钱是不是，我给你！"流氓说着，往女技师的脸上丢下几串铜钱。铜钱弹在地上，发出清脆的响声。流氓对身后的小弟说："带到楼上去，今天不让大爷我舒服，别想走！"说着，小弟们上前拉扯女技师。

"救命啊！"女技师突然转身望向朱圈生和张玉郎，眼神分外可怜，隐隐含有诡异的诱惑之意。张玉郎听到"救命"，像着了魔一样站起来，一把将如花大妈推开。

如花大妈摔在地上说："还没按完呢！"

朱圈生："张玉郎，你干嘛，不要多管闲事！"

张玉郎："我也不想，但我现在就是很想保护那个女孩，我控制不住。"

第十四章 / 足浴店风波

朱圈生:"你只会降妖,斗不过流氓。让我去吧!"

朱圈生说着,拉住张玉郎,自己气势汹汹地走上前去,挡在女技师面前:"不许你们欺负她!"女技师哭着躲到了朱圈生身后。朱圈生突然被一种英雄救美的冲动灌醉了,回头给了女技师一个微笑。

流氓看到有人挑事,往前走了一步说:"胖子,你混哪个道的?怎么从来没有见过你?我警告你,最好不要多管闲事,否则……"

朱圈生有点怵,低声招呼张玉郎:"张玉郎,快过来帮忙。"

张玉郎便走上前去,站到朱圈生的身边。两方只是对骂,谁也不敢先动手。翠花大妈和如花大妈此时站到了一起,一边嗑瓜子,一边说着话。

翠花大妈:"打不打啊,快点啊!"

如花大妈:"能动手就别吵吵。"

张玉郎回头,深沉而严肃地告诫两位大妈:"人在江湖,身不由己,你们不上就别吵吵。"

流氓:"废话少说,把那娘们交过来,我可以饶你们不死,不然你们就吃不了兜着走。"

朱圈生:"看来你们是一定要逼我出手了!"朱圈生大喝一声,拿过自己的九齿钉耙说:"自从女神仙给了我这九齿钉耙,还从来没有派上过用场,今天我就拿你们来试试钉耙的厉害。"他说完便拿起钉耙挥舞起来,但没几下就失手把钉耙掉在了地上。他赶忙捡起来。

流氓又上前一步，盯着朱圈生问："你是不是傻子，来这唱戏的吗？"

朱圈生："我我我，我不是傻子。"

流氓抠了抠鼻屎，一边扇朱圈生的耳光，一边质问朱圈生是不是傻子。朱圈生蒙了，一直后退，最后大喊"我不傻"，将钉耙举到了头顶。

张玉郎："揍他！"

流氓看到钉耙举得很高，有些打退堂鼓，他后退两步。小弟们赶快搬来了一张椅子。流氓坐下来继续说："我不跟傻子一般见识，快滚蛋，就这点本事，还想学别人英雄救美，一边玩儿去。"

翠花和如花听完后，都开始笑话朱圈生，就连女技师都开始面露失望之色。

朱圈生在傻子的问题上十分认真，他容不得别人这样说他。他头上出了汗，脸也红起来，大吼着："我不是傻子。"说完就举着钉耙冲向前去，却不小心被流氓的小弟绊倒在地上，正好扑在了流氓的脚底下。

众人大笑。流氓弯腰抽了下朱圈生的脑门，说："怎么，喜欢老子的臭脚啊？还说你不是傻子，你就是，你就是。"

朱圈生被惹怒到了极点，他见流氓穿的是短裤，就一口咬住了流氓的小腿，任凭那些小弟怎么拉扯他，他就是不松口。

坐在店门外等待的李银刀对店里的情景还一无所知。他坐在路边的石墩上，吃完了最后一口包子。这时，有个面色猥琐的胖

第十四章 / 足浴店风波

子来到了她的身边,摸着下巴色眯眯地打量李银刀。

那胖子看了半晌,看得李银刀十分尴尬。胖子问:"新来的吧,之前怎么没见过你?"

李银刀被这么一问,丈二的和尚摸不着头脑,她反问:"什么新来的?"

胖子一边说话一边去摸李银刀的脸,他说:"害什么臊啊,多少号,小爷我今天给你捧个场。"

李银刀这才明白是遇上了嫖客,她瞬间暴起,给了胖子一拳,不偏不倚打在了鼻梁上,胖子的鼻子瞬间肿起来,血流不止。李银刀接着拿出杀猪刀,一刀架在他脖子上。

胖子被打得跪地求饶:"女侠饶命!都是误会,我以为你是这儿的小妹儿。"

李银刀:"什么小妹儿?这不是足浴店吗?"

胖子:"这是足浴店,但也提供那个啊!"

李银刀:"什么是那个?你把话说清楚!"

胖子:"就是……"

没等胖子说完,李银刀把刀逼得更紧了。她说:"不许说谎,不然要你的命!"

胖子:"就是……男人玩姑娘找乐子呗!"

李银刀恍然大悟。她收起刀,放了胖子,随后直奔足浴店内去,边走边喊:"朱圈生!你找死!"店门口有人去拦李银刀,却被她一把推开了。她心想,这个猪头,害他在门外苦等半天,结果自己在里面找女人潇洒，非让他当众说清楚不可。

等李银刀走进足浴店内时，看到的是让她惊讶不已的一幕。朱圈生原本咬着流氓的腿不放，结果有个小弟把朱圈生的鞋脱下来，拿起个鸡毛掸子给他挠痒痒，朱圈生忍不住一笑，松了口，被流氓一脚踢开，正好落在女技师身上，不偏不倚亲在了脸上。这接吻的一幕被刚进门的李银刀看在了眼里，她更加确信了朱圈生"玩姑娘找乐子"的推断，于是大喊："朱圈生！大混蛋！你真的找姑娘来了！"说着操起双刀劈向朱圈生，一副要把朱圈生杀了的架势。

张玉郎见状，挡在朱圈生前面要为他挡刀。可真正面对着两把明晃晃的杀猪刀时，张玉郎还是受惊过度，当场晕倒在了地上。李银刀顾不上去救张玉郎，一个劲地追着朱圈生满屋跑。朱圈生一边跑一边回头喊："你听我解释！不是你想的那样的！"

李银刀："我亲眼看到的还会有假吗？鬼才相信你！我今天就要你的命！"

那一众流氓还没亲自和朱圈生过招，却看到一位女侠冲进来要取对手的命，个个面色茫然。

翠花大妈在一旁说："这剧情咋这么乱呢？有点看不懂了。"

如花大妈又说："这还不简单，老公来足浴店和人抢小姐，原配来捉奸了呗。"

此时，流氓老大忽然明白了什么，瘸着腿起身大喊："给我打，往死里揍他。"

第十四章 / 足浴店风波

于是，大厅里，朱圈生在前面跑，李银刀在后面追，流氓的小弟们跟在后面，众人转成了一个圈。流氓躲闪不及，被朱圈生撞倒在地上，没爬起来，身后的人没有注意地下，纷纷从他身上踩过。

在这一圈混战之外，只有张玉郎和女技师还在那边站着。女技师蹲下身子，扶起昏倒的张玉郎，拍了拍他的脸，张玉郎慢慢苏醒过来，看到梦见过的女人正扶着自己，张玉郎感觉心脏里像住了一头小鹿。

女技师："你终于醒了，我刚才想，你要是一直不醒的话，我就给你做人工呼吸了。"

张玉郎听完这句话，立马又昏了过去。

女技师用力掐着他的脸说："你就不要再装了，醒了就好了嘛，我现在是不会再做的。"

张玉郎又醒过来，对女技师说："这位姐姐尊姓大名？"

女技师回他："我叫柳月。"

张玉郎："多么动听的名字，此名只应天上有！姐姐，在我随身带的箱子里有一瓶神仙水，上面写着'神魂颠倒散'，专治受惊过度，你可以帮我拿来吗？"张玉郎用装病打起了小算盘。他的那瓶神仙水是催情药物，只要柳月闻上一闻，便会情欲大发，任由他张玉郎使唤。

柳月答应了，起身向张玉郎的箱子走去。她在箱子里找了半天，终于找到了张玉郎说的"神魂颠倒散"，便举起来摇晃给张玉郎看。张玉郎还在那儿躺着，他兴奋地说："对对对，就是这个，快带过来！"

柳月向张玉郎走去，一不小心，被屋内追打的人群撞倒了，"神魂颠倒散"掉在地上，瓶子碎成很多片，神仙水全都洒了出来。张玉郎大叫："我的限量版神仙水！赔钱！"说着拿起娘娘枪也冲入了混战的人群。可这神仙水洒在地上，慢慢挥发到了空气里，所有人都被气味迷惑了，情欲大发，场面愈加混乱起来。

老板娘这时走进来，看到眼前的场面顿时愣住了，大喊道："翠花，如花，抄家伙，把他们都给我绑了。"

可翠花和如花也被神仙水熏倒了，意识迷乱，根本不听老板娘的吩咐。

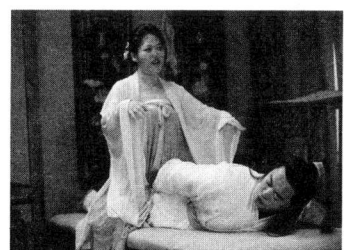

剧照

第十五章

租车

第十五章 / 租车

等到事件平息下来,连老板娘的头上也包上了白纱布。在老板娘身后站着三排彪悍大妈,有的拿着菜刀,有的抽着旱烟,无一例外都负了伤。一切归功于张玉郎的"神魂颠倒散"。

朱圈生三人看看脸色铁青的老板娘,又看看被打得稀烂的足浴店,不禁面露羞愧之色。老板娘拿来了算盘,气愤地说:"是你们引起的,就得你们赔!"

算盘打得啪啪响,钱也越算越多。朱圈生心里发了毛,扑通一声跪下,拿出几钱碎银子。他说:"大姐,别算了,我们一共就这么多钱。"

老板娘挥挥手,彪悍的大妈们立即上前,把朱圈生和张玉郎推倒在地,用脚踩在背上。翠花大妈踩着朱圈生说:"老板娘,怎么弄死他们,全凭您吩咐。"

老板娘:"胖的卖去当苦力,小白脸做男技师,女的当女技师。"

柳月跪在老板娘面前,哀求道:"老板娘,这事都是因我而起,你要罚,就罚我一个人吧。"

老板娘:"我是可怜你无家可归才收留你,没想到第一天就搞出这么多事,既然如此,这个足浴店是不可能留你了,只能把你卖到窑子里去抵债了。"

柳月大喊着"不要",却仍被众人中两个大妈拖走。朱圈生冲过去想救人,被翠花大妈拦了下来。

老板娘:"没钱没家世,我也没办法。"

"慢着!"张玉郎伸手喊道。他突然从身后拿出一枚黄金大元宝,然后说:"没钱没家世?今天就让你们见见世面。"

元宝在老板娘的瞳孔中聚起两个金灿灿的影子,直接击中了老板娘心底的贪婪。她眼都直了,大喊一声:"停!快松开,快松开!"

柳月被大妈放了下来。老板娘顷刻换了一副面孔,上前指责拉着柳月的两位大妈:"你们两个怎么回事?怎么能这么对待客人呢?"她转过身来,三步跨到张玉郎面前,伸手就要夺过元宝。张玉郎抬了抬手,没有让老板娘得逞。

老板娘:"公子,他们不懂事,回头我教训他们,这个金元宝……"

张玉郎把元宝放在嘴边哈了口气,说:"这个够赔偿你了吧?"

老板娘:"够了够了,把我整个店买下来都够了。"

张玉郎:"我有两个要求。"

老板娘:"别说两个,一百个都行。"

张玉郎:"第一,把这几个拿武器的大妈全都清走,以后不准这样祸害顾客;第二,我们要把柳月姑娘带走。"

老板娘听完,觉得也十分合理,既然柳月今天刚到店里,也算不上是店里的人,带走便带走;况且,这一锭元宝足够另选个宽敞的地方,开一家新店。

"可以可以。"老板娘说。

张玉郎傲娇地说:"咱们走。"说着把金元宝往空中一抛。老板娘仰起头,贪婪地接住了。

第十五章 / 租车

老板娘："客官，慢走啊，不送啊。"

朱圈生、李银刀、张玉郎和柳月四人走出了足浴店。朱圈生问："你哪儿来这么多钱？这一路我还从没见过你这么大方。"

张玉郎："啊！为了柳月姑娘，再多的钱也值得花。"

话音刚落，老板娘就带着大妈追了出来。大妈们甩出各种武器砸向他们。

张玉郎："元宝是我用障眼法变的，只能维持一会儿，快跑。"

说完，四人快步跑起来。这一跑不知跑出去多远，直到老板娘的人再也追不上了，便停下脚步，在一个城门口喘气。

朱圈生问柳月："小姑娘，你家住在哪儿？我们送你回家吧。"

柳月："我是个孤儿，没有家，只有一个远房表舅在烟翠楼。"

李银刀："那咱们就此别过，你去投奔表舅吧。"

柳月可怜兮兮地说："去烟翠楼的路上有很多土匪，我一个人，是不可能活着走去的。"

朱圈生对张玉郎和李银刀说："那咱们一起送柳月去烟翠楼吧。"

李银刀："咱们是来降妖除魔的，不能什么事儿都管吧。"

朱圈生："人家一个女孩子家，这么可怜，咱们不能不管啊。"

柳月可怜兮兮地看了张玉郎一眼，张玉郎说："我看可以去一趟。反正现在也找不到妖怪，闲着也是闲着。"

见张玉郎和朱圈生都要去，李银刀很生气。他扭着朱圈生的耳朵，把他拉到一边说："你忘了神仙和你说的话了，你会遇到一个女人,你不觉得自己应该保持警惕吗?"

朱圈生揉着耳朵说:"搞不好神仙姐姐说的,就是让我搭救这个女孩,修善积德呢!"

李银刀:"反正我总觉得这个女人怪怪的。"

朱圈生:"张玉郎都决定去了,我也去。你自己决定吧。"

李银刀颇显失望。她没想到朱圈生会说出这样的话,这让她觉得,她在朱圈生心里的地位还不如一个刚见过面的女人。但是他和张玉郎都要去,也许是自己太过敏感了,嫉妒心和警惕心太强,所以才会拒绝的。眼下不跟他们去,又能去哪里呢?李银刀只好无奈地答应了。

四人开始往烟翠楼走去。走出不足百米,张玉郎就说:"这么热的天,不能让柳月姑娘晒黑了。我有一个想法。"

李银刀:"什么?"

张玉郎指着远处的"租车处"招牌说:"咱们租车去。"

其余人顺着张玉郎指的方向看去,不远处,一个木牌立在地上,写着"马车租车处"。四人走过去向马车夫问价。

马车夫:"五两银子。"

朱圈生:"五两银子,太贵了吧!"

车夫指着马儿的头,只见上面贴着红纸,上书"宝马"二字。车夫说:"我的马是名牌马,自然贵一点,而且现在实体经济不好做,马的饲料费、出城门的过路费都涨价啦。"

朱圈生:"便宜点,三两行不行?"

第十五章 / 租车

马车夫："看你长这么帅的份上,三两就三两吧,去哪儿?"

朱圈生："烟翠楼。"

马车夫听完,抽了马一鞭子,自己驾着马离开了。

朱圈生："喂!刚刚不是说好了吗?怎么要走人了?"

马车夫："你就是给我一百两,我也不去。"

四人无奈,只能另寻办法。张玉郎看到旁边有一家租轿子的,便带着大家走了过去。轿夫一听是去烟翠楼,直接弃轿而逃。四人又去租板车,板车夫一听是烟翠楼,声音颤抖地说他奶奶要生孩子,得马上赶回家去。四人最后决定租羊车。羊车夫一听到"烟翠楼"三个字,吓得口吐白沫,往地上一瘫:"我不行了,我要死了。"

找来找去,什么车也没有租到。大家垂头丧气起来。张玉郎自言自语道:"到底怎么回事,为什么大家一听烟翠楼的名字就要跑?"大家思考的时候,柳月的神情变得诡异起来。李银刀正在盯着她,这一路上她一直对柳月保持警惕。

李银刀凑到朱圈生的耳朵边悄悄说:"你快看那柳月的神情,我觉得这个人一定有问题。"

朱圈生还没来得及看,一阵喊声突然传来,四人一起望去,只见足浴店的老板娘已经带着大妈追了上来,老板娘大吼:"他们在那!给我抓!"

四人撒腿逃跑,比马车跑得还要快。

剧照

第十六章

离间计（一）

"啊呀!"逃跑中的柳月发出一声尖叫。大家都停下来。

张玉郎头一个关心起柳月姑娘,立即赶过去扶她。这时朱圈生也走了过去。柳月看了看两人,故意依偎在朱圈生的怀里,让朱圈生背着她走。

张玉郎醋意大发,他说:"柳月姑娘,还是我来背你吧。"

朱圈生见柳月姑娘已经把手搭在了自己肩上,便说:"你身子太瘦小,不像我身高马大,还是我来背吧。"

李银刀见朱圈生主动去背柳月,也生出了醋意。她想,她走了这么远的路,还从来没让朱圈生背过一次,现在朱圈生倒反过来主动献殷勤了,他把我李银刀当成可有可无的人了?

按照柳月的意思,自然是让朱圈生来背她。她心底里看得出张玉郎对自己的喜欢,可是狼王有令在先,必须把朱圈生引到烟翠楼;要想突破朱圈生的心理防线,现在必须这么做。她是故意假装脚崴了的。

朱圈生把柳月背起来的瞬间,柳月的半月形玉佩掉在了地上,发出"咣当"的响声。柳月忙让朱圈生把自己放下来。她赶紧俯身捡起玉佩,揣到了怀里。张玉郎此刻有了些许怀疑。他的降妖法器在玉佩出现的时候发出了闪光,这使他警觉起来。

张玉郎:"柳月姑娘,你捡的什么东西?"

柳月:"没什么。"

张玉郎:"我的降妖法器仿佛测到了不祥之物,莫非你是妖怪化身?"

第十六章 / 离间计（一）

柳月紧张起来。可是张玉郎说完就后悔了，他已经对柳月产生了爱意，不能做出违背自己内心的判断，说她是妖怪，实在是大逆不道的话。柳月这时突然抓住自己的脚腕，呻吟着很痛。朱圈生便又将她背起来。

这时李银刀说话了。她早就觉得柳月姑娘不是普通人，刚才张玉郎提的问题不应该忽略掉。李银刀追问道："柳月姑娘，你说说看，你怀里的东西到底是什么啊？我们都想知道对不对？"

李银刀示意张玉郎点头。可是张玉郎却摇起头来说："我现在不想知道了。柳月姑娘，让我来背你吧，我背得动的。"

柳月："不用了，还是让圈生来背吧。"

圈生？李银刀听了，气不打一处来。她直呼圈生，连姓都不带，她以为她是谁，她不知道朱圈生有相好的了吗？李银刀直接说："圈生，放她下来。"

朱圈生："别闹，她脚崴了走不了。"

李银刀："你要是不放了她，我就不走了。"

张玉郎："我看这个主意好。足浴店老板娘应该是追不上了，不然我们就住在这里吧。"

四人环望了一下四周，只发现一个废弃的驿站，四周都是漏风的，不过夏天的夜晚并不会冷。张玉郎说着就躺在驿站的树荫下，一边伸着舌头给自己扇风，一边说着："这个天真的不适合走路呐，真的不适合。"

李银刀本来是反对和柳月在一起过夜的，可她经过一天的折腾，也实在感到了疲乏，于是答应了下来。到了夜里，天气微微凉起来。柳月装作很冷的样子，往朱圈生的怀里钻。李银刀和张玉郎都感到十分尴尬，四人渐生嫌隙，李银刀恨柳月，张玉郎恨朱圈生，这正是柳月想要达到的离间目的。

朱圈生倒先埋怨起了张玉郎："都是你出的馊主意，搞得我们又要露宿荒野。"

张玉郎："哼，有柳月大美女陪着你这个杀猪的露宿，你就知足吧。"

柳月这时取了个水壶来，递给朱圈生说："朱哥哥，你喝水。"

朱圈生把水壶推过去，说："我不渴，月儿你喝。"

柳月娇滴滴地说："朱哥哥，塞子太紧了，我打不开。"

朱圈生替她拔出塞子，说："你的力气怎么这么小啊。"

一旁的李银刀看在眼里，气在胸口，他用尽蛮荒之力，把自己手里的水壶捏扁了。张玉郎看着李银刀说："女侠，你的力气怎么这么大啊。"

李银刀不愿意理他，抱了点稻草给自己铺床。朱圈生看到李银刀在铺床，也给柳月铺了厚厚的一层，说："铺得软一点，舒服一点。"

柳月说："朱哥哥你真好。"

李银刀大喊一声："就知道她睡软一点，那我呢？"

朱圈生："你不是一直喜欢睡硬点的嘛。"

李银刀："我变了，我现在也喜欢睡软的！"

第十六章 / 离间计（一）

朱圈生一头雾水，说："你咋说变就变呢？"

柳月："银刀姐姐，我的床铺让给你吧。"

朱圈生："你看，人家比你年纪小，还比你懂事。"

绿茶婊！李银刀快气炸了，她被柳月的做派弄得一肚子火，更恨朱圈生有眼不识泰山，她气愤地说："不用你让！"

张玉郎在李银刀身边收拾床铺，突然闻到她身上一股味道，张玉郎夸张地捏着鼻子说："哎呀，李银刀，你多久没洗澡了，一股汗臭味儿。"

李银刀心虚了，她说："我昨天才洗的。"

朱圈生拱了拱他的猪鼻子，也说："不是啊，我也觉得你身上有股馊味。"

李银刀恼火地说："我说昨天洗的，就是昨天洗的！"

朱圈生不敢说话了，只好回过头去对柳月做了个无奈的表情，柳月会心一笑，庆幸离间计得逞。张玉郎抱起床铺，对李银刀说："我要和你离远点。"

李银刀气得踢了他屁股一脚，她与张玉郎本同是情场失意，无奈张玉郎胳膊肘向外拐，反倒帮起朱圈生和柳月来。张玉郎被踢得"哎呀"一声，跌倒在稻草上。李银刀大步走出去。

朱圈生大喊："你去哪儿？"换作平时，他一定在前面加上"银刀"两个字，可是在一种莫名其妙的情绪里，他忘了叫她的名字。他觉得她在使小性子。

李银刀也大喊："我去哪要你管？"

八戒降魔

月儿渐渐高了，原本挂在树枝，现在升到了树顶够不到的地方。月光照在一口水井旁的积水上，反射出银闪闪的光。水井旁边是一个破败狭小的棚子，里面黑乎乎的，什么也看不见。李银刀有些害怕地走进去，找了一个破旧的水桶，系上绳子，从水井里打了几桶水，灌在了棚内的一口水缸中。她从地上找了一块有些湿漉漉的草编席子，挂在了棚子的入口作为浴帘。她脱掉衣服，放在棚子门口，把腿跨进水缸中试了一下，微凉。但她还是把整个身体都慢慢浸泡了进去。破败的棚子，霉腐的草席，和她光洁如月色的身子形成了鲜明对比。虽然他知道朱圈生说她臭可能不是认真的，可她也记得，女为悦己者容，她要把自己洗得干干净净。她撩起一个水花，发出清脆的声音。月色依然寂静。

李银刀自言自语道："竟然说我臭，有什么大不了的，洗个澡不就香了，谁不会呀。"

剧照

第十七章

离间计（二）

第十七章 / 离间计（二）

法王在烟翠楼中等待柳月的消息，他已经有些等不及了。飘絮暧昧地伏在法王身边，一边给他捶腿，一边说："法王，你好偏心，总是偏疼柳月，宠得她现在越来越目中无人了。"

法王推开飘絮说："你那点心思就别在我面前卖弄了，平常你们怎么争斗我不管，这次，你要是节外生枝，坏了我的大事，我绝不会饶了你。"

飘絮听完心里生气，可又不敢跟法王顶嘴，她清楚自己的身份。她本是一个偏僻村落里的妙龄女子，与村里的另一青年两情相悦。有一日两人在河中戏水，平静的水面上突然泛起涟漪，接着卷起一条巨大的水柱，将男青年顶上半空。这正是法王干的好事。法王吸走了男青年的阳气，将他干巴巴的尸体打得粉碎，散落进河水中。飘絮当时吓得不轻，眼看法王接下来就要吸走她的阳气了，可法王却停了下来，对她俊俏的脸蛋起了色心，将她霸占了。飘絮清楚自己的处境,若是不从了法王，自己只有死路一条，所以她只能忍着失去情人的痛苦，与法王行云雨之欢。这些年，她跟在法王身边，无恶不作，久而久之也变成了妖怪之身。她也将自己过去的仇恨消化殆尽了，接受了做法王的侍女，一切都顺着法王的意思来办。

飘絮谨慎地匍匐到法王身边说："法王，您不要生气，我只是想帮您做事，要不我去抓几个人来给您吸吸阳气。"

法王："吸再多阳气，也没有那个朱圈生一个人有用，只有他可以帮我一步登天，变成神仙，哈哈哈！"

飘絮："那个朱圈生什么来路，这么重要。"

法王听到飘絮问起朱圈生的来路，意味深长地回忆起来。他张开双手，来回看着自己的两个掌心，想到了在一千年前，他本早已修炼有成，被玉皇大帝册封了仙籍。要说"修炼有成"，那靠的全都是私下里喝人的血，吸人的阳气一点点积累起来的。这差点就能瞒过玉皇大帝了，可是那个猪八戒——那时他还是天蓬元帅，他竟然看出了破绽，从中作梗，执意让玉皇大帝废除他法王的仙籍。结果导致他前功尽弃，被打回人间重新修炼。朱圈生曾为仙体，只要喝了他的血，就可以不用再吸他人阳气了，成仙指日可待。而且，法王视朱圈生为不共戴天的仇人，他愤愤地说："我一定要把朱圈生抽筋拔骨，五马分尸，以泄我心头之恨！"他一边说着，一边捏碎了手下的椅子把手。

飘絮看到狼王燃起怒火，害怕地不敢多问，不过她眼珠一转，心里想道："既然朱圈生对法王来说这么重要，那这可是个立功的大好机会，可不能让柳月一个人占了。"

再说朱圈生四人，在驿站处安歇下来后，张玉郎拿出两张面膜，对柳月说："月儿姑娘，这是我最后两张面膜了，一般人我是不会给他们用的，现在，我想把其中一张送给月儿姑娘，我们一起敷面膜，好不好？"

柳月："你喜欢我吗？"

张玉郎："当然喜欢。"

柳月："那为什么不都送给我？"

第十七章 / 离间计(二)

张玉郎愣在那里,不知如何解释。他最后说:"月儿要是喜欢的话,就都拿去吧。"

柳月心知张玉郎也是个多情种,只是戏弄他一下罢了。不过她还有更为重要的事情。她见朱圈生拿着一堆柴火走进了驿站,便走到他身边对他说:"朱哥哥,我有事和你说,你过来一下。"

她一边说一边向门外走去,回头向朱圈生招手。朱圈生傻傻地跟了过去。张玉郎见状急忙说:"什么事啊柳月姑娘?我也要听!"

柳月回头阻止张玉郎:"你不许去!"

张玉郎又气又恨,在一旁酸朱圈生说:"哎呦呦,你这个重色轻友的家伙,要走桃花运了哦。"

朱圈生只感到一阵局促,他急忙跟上柳月的脚步。二人渐渐走到了李银刀洗澡的棚子旁边。李银刀正准备洗澡,听到柳月和朱圈生走来的声音,想起来要穿衣服,突然发现衣服在门口,过去取的话,会被二人看到。转眼间,朱圈生和柳月已经走进了小棚之中,李银刀只能吹灭油灯,躲在水缸后面。

柳月:"奇怪,这里刚才还亮着灯的,怎么突然就灭了?"

朱圈生:"兴许是风吹的吧。"

柳月:"朱哥哥,我有话对你说。"

柳月刚要靠近朱圈生,朱圈生突然转过身背对柳月害羞地说:"你不用说,我知道你要说什么。但是——我是没办法接受你的,因为——因为——"

朱圈生低下了头。李银刀听到这里，感觉到心头一暖，原来朱圈生心里最爱的依然是她，她为自己的醋意感到些许歉疚。柳月却根本不关心朱圈生在说什么，她突然狞笑起来，头发飘向身后，眼睛中发出异样的光，慢慢向朱圈生走去。朱圈生没有注意到异样，可李银刀注意到了，她警觉起来，可想到自己没有穿衣服，又不好意思现身。

张玉郎一个人无聊地敷着面膜，闭目养神。突然传来"咣"的一声，吵醒了张玉郎。他睁开眼，看到朱圈生的钉耙突然倒在了地上，而且发出一种金灿灿的光。张玉郎不明所以，想要伸手去摸那钉耙，却发现钉耙自己抖了一下，瞬间飞了出去。他以为出现了幻觉，立即撕下面膜，甩了甩头，定睛一看，却发现什么也没有。

钉耙已经飞到了朱圈生的身后。柳月快要碰到朱圈生时，朱圈生的钉耙立起来，挡在朱圈生的身后，金光越来越亮。李银刀在金光下险些暴露了身体，她又团缩了一下躲起来。柳月刚一碰到朱圈生的身体，立即被黄光打飞出去，摔在一旁的稻草堆上。

李银刀再一次抬起头时，只看到朱圈生俯下身去扶柳月。朱圈生听到声音，转身看到柳月摔倒在地上，连忙扶起她问："怎么摔倒了？钉耙怎么在这？"

柳月找借口解释说："刚才不小心滑了一跤。"说话间，她突然看到水缸后面李银刀探出来的脑袋。柳月眼珠一转，突然把朱圈生按在身下说："朱哥哥，你刚才没错，人家喜欢你，想要

第十七章 / 离间计（二）

以身相许。"

朱圈生一听慌了神，结结巴巴地说："你你你，你不要这样，我我我，我已经……已经有喜欢的人了。"

柳月说着便开始脱衣服："没关系，没关系，我不介意，如此良辰美景，你我孤男寡女，辜负了岂不可惜，就让小女子好好服侍你吧。"

朱圈生大叫着捂住眼睛："你快穿上衣服！"

李银刀气得全身发抖，他攥紧拳头，想要出去给柳月一拳，可因为赤身裸体，又没有办法出去。

柳月拿开朱圈生捂住眼睛的手问："朱哥哥，你怎么不看人家啊？"

朱圈生："不能看不能看，看了要死人的。"

柳月："朱哥哥，你是不是觉得人家长得不好看，不喜欢人家啊。我的心跳得好快，都要跳出来了，不信你摸摸看！"她说着就要硬拉朱圈生的手往自己胸口放。

李银刀终于忍无可忍，跳出来大喊："你们在做什么？"

朱圈生看到李银刀就在身后，吓得不轻，他说："啊，银刀，你怎么会在这儿？你你你，你怎么没有穿衣服呀？"

李银刀这次意识到自己暴露了，连忙把门口的衣服捡起来，穿在了身上。她说："屋里太热了，我出来凉快凉快不行啊？倒是你们，深更半夜，孤男寡女，你们想干嘛？"

朱圈生："银刀，你听我解释，不是像你看到的样子！"

李银刀:"不用说了,我都看见了,要不是我出来,你都已经从了她了。"

李银刀气鼓鼓地走回驿站,任凭朱圈生在身后怎么叫她,她就是不回头。朱圈生忽然想起钉耙还在棚里,便折返回去取钉耙。他突然想起来,刚才钉耙无缘无故出现在身边,还不知道原因,就问柳月:"哎?是我刚刚带过来的吗?"

柳月:"我记得,你刚刚来的时候就拿着呀。"

朱圈生傻乎乎地说:"是吗?呵呵,看我这记性。"说着,朱圈生捡起钉耙,接着去追李银刀。

剧照

第十八章

李银刀被气走

第十八章 / 李银刀被气走

李银刀表面上说原谅了朱圈生，可心里总感觉隔着一层，也说不清到底是什么感受。月亮升到了半空，远处传来阵阵狼叫。

洗澡风波过后，四人渐渐睡着了，其中只有柳月一个人在假睡，她刚才被钉耙击中的惊吓还没有完全退下去，一直在思考这钉耙到底是什么来头，为什么她刚一出手就被钉耙识破了。她久久想不通。突然间，一个诡异妖魅的身影在驿站外一飞而过，随后驿站大门打开，一阵白烟过去后，妖魅的飘絮伸着血红的长指甲，抓向朱圈生，关键时刻，柳月以轻微的动作使用法术阻止了她。她看了看已经开始闪光的钉耙，额头冒出了冷汗。

飘絮还不肯罢休，她尚不知道钉耙的厉害，只是觉得柳月故意阻止她抢风头。两人连过了三招。

柳月怕吵醒身边的其他三人，轻声问："你来干嘛？让他们三个看到了，我会暴露身份的。"

飘絮："你迟迟没有把朱圈生抓回去，法王派我来执行任务！"

柳月握住飘絮的手，加重了手上的力道说："说谎，你是想抢功劳吧！"

飘絮一把打开她，说："是又怎么样！"她飞过去抓朱圈生，却再一次被柳月打开，两人一起飞到了楼梯上。柳月抓住飘絮的肩膀，将她按在楼梯上，警告她："朱圈生有九齿钉耙护体，只要你一碰他，钉耙就会发出金光，把你弹出去。想带走他，不是你想的那么容易。"

飘絮冷笑："我还以为你有多厉害，搞了半天，让区区一个钉耙难住了。连一头死猪都对付不了,你不要拦我!"

柳月:"你以为我和你一样没脑子吗?你听我说,我已经取得了朱圈生的信任,而且成功挑拨了他们三个人的关系,只要赶走那个女的,我完全可以让朱圈生自己跟我回去。"

飘絮:"那要等到猴年马月?法王已经等不及了,人我今晚就要带走!"

飘絮说着,又一次打开柳月,向朱圈生抓去。这一次,她清清楚楚看到了朱圈生轮廓分明的脸,她芳心荡漾,竟有些不忍心下手了。她想,怪不得柳月迟迟不肯完成任务,原来被这个朱圈生给迷住了。可她立刻从这种爱意中脱离出来,准备抓朱圈生回去交差。

柳月再一次试图阻止她。双方纠缠争斗间,朱圈生突然坐了起来。柳月和飘絮立即飞到二楼,分散两边躲藏起来。只见朱圈生吧唧着嘴说梦话:"猪蹄,好香的猪蹄。"说完又躺下打起了呼噜。

柳月飞到飘絮身边,一把掐住她:"再不走,弄醒他们,坏了大事,法王绝饶不了你!"

飘絮:"我把人带回去,法王高兴还来不及呢!怎么会怪我?啊,他们醒了!"

柳月回头一看,发现朱圈生等人睡得好好的,她意识到飘絮在转移自己注意力。此时飘絮用法力发了一束光过来,击中了柳月的手臂。柳月躲闪不及,手臂受伤。飘絮趁机去抓朱圈生,不

第十八章 / 李银刀被气走

料九齿钉耙果然立起来,发出金灿灿的光,把飘絮弹飞了出去,飘絮起身。

柳月急忙追过来,飘絮却已经逃走。朱圈生在恍惚中感觉到了动静,他起来揉了揉眼睛,看看周围什么都没有,便接着倒头大睡起来。柳月躺在旁边,背对着朱圈生,惊出了一身冷汗。

第二天清晨,朱圈生醒来,伸了一个大大的懒腰。张玉郎和李银刀已经在收拾东西准备赶路。

朱圈生:"我昨晚好像梦到两只野猫在打架。"

张玉郎:"你睡得跟个死猪一样,还能做梦?"

朱圈生点点头。此时柳月端着白粥过来说:"朱哥哥,玉郎哥哥,我煮好早饭了。"

张玉郎感动不已,他第一次听到柳月叫自己"玉郎哥哥",他感到自己终于离爱情又近了一步。他接过柳月端来的粥喝起来,边喝边说:"月儿妹妹,粥真好喝。"

朱圈生也说:"真好喝,月儿妹妹真会做饭。"

李银刀感到自己被冷落了,刻意干咳了两声,提醒朱圈生她李银刀就在旁边。可是没有人搭理她。柳月突然扶着额头坐在地上,"哎呀"一声,好像突然犯了急病。

朱圈生:"月儿,你怎么了?"

柳月:"好像是昨晚感染了风寒,头疼得很。"

朱圈生:"那可怎么办呀,张玉郎,你会不会看病?"

张玉郎:"我又不是郎中,怎么会看病呢?我只会捉妖,不会看病。"

李银刀:"哼,你爹都会看病,你怎么就不会呢?是不想看吧。"她知道张玉郎爱上了柳月,便想用激将法让张玉郎为柳月服务,让两人好起来,好让朱圈生乖乖回到自己身边。可是这一招没有管用。

张玉郎:"我爹是我爹,我是我。长江后浪推前浪,一代更比一代浪嘛!看病这么无聊的事情,哪有捉妖刺激?"

朱圈生已经急了,他说:"哎呀,你们别废话了,到底该怎么办?"他看着柳月,又着急又没有办法。

柳月突然自己开口了:"刚刚我在河边打水的时候,看到了一些可以治风寒的草药,要是能采来熬药就好了。"

朱圈生:"我现在就去采。"

张玉郎:"停!你留下来,让我去。月儿妹妹,我心甘情愿为您服务!"

朱圈生:"你爱去就去吧,那我留下来陪月儿。"

张玉郎突然觉得自己失算了,一时又不想去采药了。柳月便说:"那草药的位置,长得颇为险峻,一个人怕是采不了,朱哥哥和玉郎哥哥一起去吧。"

朱圈生:"那不行,要是土匪来了,你怎么办?"

柳月:"不会的。就算真有,银刀姐姐会保护我的,对不对?"她看向李银刀,李银刀根本不想理她,也没有说一句话。

朱圈生说着便拉着张玉郎走出去了,驿站就剩下柳月和李银

第十八章 / 李银刀被气走

刀两个人。柳月诡计得逞，露出了狡黠的微笑。李银刀正在灭昨夜生的火，柳月搔首弄姿地向她走去，说："银刀姐姐，你会保护我对不对？"

李银刀："哼，休想！谁是你姐姐？你叫得真恶心！"

柳月听了并没有感到生气，反而笑得更大声了。她说："我真是不懂，你还留在这儿干嘛，非要朱哥哥开口赶你吗？"

李银刀："你什么意思？"

柳月："什么意思你不明白吗？朱哥哥喜欢的人是我，你就不要在这里碍手碍脚了。"

李银刀："闭嘴！我碍手碍脚？我跟圈生的感情，天地可鉴，容不得你来拆散我们。你和朱圈生认识才几天，哪儿来的自信啊？"

柳月："哎呀呀，你看看，朱圈生，朱圈生，叫得这么生硬，一点女人味都没有，怪不得朱哥哥不喜欢你呢！"

李银刀："你……"她被柳月堵得头昏脑涨，一时无话反驳。

柳月绕着头发，慢悠悠地说："我看上的男人，还没有一个得不到的。你也不照照镜子看看自己什么样，你哪一点比我好啊？我比你年轻，比你漂亮，比你身材好，还比你温柔，你凭什么和我争？实话跟你说，朱哥哥早就受不了你了。他私下里跟我说，你又野蛮又粗鲁，浑身臭烘烘，要不是看在你们是一个爹养大的份上，他早就赶你走了。"

李银刀："你胡说！"

柳月："是不是胡说，你心里明白。他要不是喜欢我，干嘛大老远地送我，一路上无微不至地照顾我呀？你不是不同意送我嘛，但朱哥哥还是要送。他在乎谁，还不是明摆着的，我看你啊，还是识相一点，趁早自己走吧。"

　　李银刀："我就觉得你不对劲，赶我走，你到底什么目的？"

　　柳月凑近，冷笑："我有什么目的，你还不明白吗？"

　　这时，驿站墙外传来朱圈生和张玉郎回来的声音。张玉郎在远处喊着："月儿，我们找到草药了。"柳月立马整理了一下表情，装作什么也没有说过。她突然举起手来，重重扇了李银刀一个耳光。李银刀一下子被打蒙了，反应过来后，火气接着就窜了上来，上前抓住柳月的胳膊就要打。

　　柳月大喊："救命啊！救命啊！"

　　此时朱圈生和张玉郎拿着草药走了进来。朱圈生看到李银刀把柳月推倒在地上，急忙问："这……怎么回事？"

　　柳月满脸泪花，扑到朱圈生身上哭诉："朱哥哥救我！我不知道我做错了什么，银刀姐姐非说我是狐狸精，要把我活活打死，呜呜呜。"她说着撸起袖子，露出手臂上的伤。这伤是之前被飘絮攻击时留下的，而朱圈生并不知道，他以为李银刀真的心狠手辣到这种地步，便向她怒目而视。

　　李银刀百口莫辩，她一边摇头一边说："这不是我弄的。"

　　张玉郎心疼柳月的身体，也恨起李银刀来。他训斥道："不是你弄的，难不成是月儿自己虐待自己？"

第十八章 / 李银刀被气走

柳月见三人已双双反目，离间目的达到了，心底浮现一丝微笑，但她仍保持受害者的姿态，边哭边说："银刀姐姐，做人要讲良心呐，你为什么不承认呢？"

李银刀后退两步说："我不知道她怎么弄的，反正不是我。明明是她……对，她刚才扇了我耳光，我才推了他一下，现在反咬我一口！我……我不知道她的伤怎么来的。"

张玉郎："李银刀，你这么彪悍，月儿那么娇弱的一个小姑娘，怎么可能打得了你？"朱圈生也附和地点点头说："我没有看到她扇你耳光，倒是看到你推了她。"

柳月连忙躲到朱圈生身后，对李银刀得意地笑。李银刀说："这个女人不是好人，跟着我们肯定另有目的，搞不好是妖怪变的。"

张玉郎："如果是妖怪，我肯定能闻到妖气。"

李银刀对朱圈生说："你还记得昨晚钉耙突然出现在那边的棚子里吧？我当时在里面看到，柳月刚要对你下手，钉耙就亮起来，把她打飞了出去。相信我，钉耙是有感应的，这个女人很可能是妖怪。"

朱圈生听了，有些迟疑不决，他用怀疑的眼光看着柳月。柳月拉住朱圈生的胳膊哭诉："银刀姐姐，你就算不喜欢我，也不用污蔑我是妖怪啊。"

李银刀气得揪住柳月，说："你不要装了！"柳月却假装再次被李银刀打伤，"哎呀"一声摔在地上。

朱圈生一把拉住李银刀，对她吼道："你够了没有！不要再胡闹了！"

李银刀嗓子像堵住了，半天才挤出一句话来："你也不相信我。"没有人能理解她的冤枉。朱圈生似乎也察觉了自己有些过分，他沉默了。李银刀背过身去，坐在地上，两只手抱住膝盖，轻轻说："你认识我多久，认识她才几天？怎么就信她不信我？你到底把我当什么人了？我在你心里还有一点点位置吗？"

朱圈生心软了下来，他开始自责，自己明明是喜欢银刀的，只是把柳月当成个妹妹看待，没想到竟走到今天这种地步。他决定走到银刀身边道歉。柳月看出了朱圈生的心思，立马跪在朱圈生的跟前说："朱哥哥，我知道银刀姐姐看不惯我，我走就是了。"

柳月说完就站起身来，准备一走了之。她心里自然是不想走的，只是做给朱圈生看罢了。没走几步，朱圈生就急着问："你一个人要去哪儿？"

柳月："月儿福薄，本就是路边野草的命，任人践踏惯了，今后是生是死，听天由命吧。"说着掩泪作势要走。朱圈生终于倒向了柳月一边，他拉住柳月说："你不要走。"

朱圈生回头对李银刀说："银刀，不要再欺负月儿了，她无父无母，已经够可怜了，你难道真的要把她逼死吗？"

李银刀悲愤不已："我欺负她？我逼她？朱圈生，你好狠的心呐，竟然说出这种话，你也不睁大眼睛看看自己，一没钱二没长相，她那么漂亮，为什么要倒贴你？她一定有什么目的！"

第十八章 / 李银刀被气走

李银刀的话反过来伤了朱圈生的心。她已经没有理性可言了，此刻内心只剩下了恨。朱圈生也对李银刀大为失望，他说："我知道你一直看不上我，但不代表所有人都不喜欢我！"

李银刀气得站起来直跺脚，她骂道："朱圈生，你就是一头猪！去死算了！"说完便踹了朱圈生一脚，夺门而出。

朱圈生坐在地上，抱着腿嗷嗷大叫。张玉郎催他："还不快去追？"朱圈生这才意识到李银刀跑了出去，便要出门去追。他拖着一瘸一拐的腿大喊："银刀！"他走了几步，刚到门口，柳月突然使出妖法，让朱圈生在门口栽了跟头。

李银刀跑出驿站，回头一看，朱圈生没有追出来。她这下彻底心凉了，认为朱圈生对自己彻底死了心，心里骂到："混蛋！你不来追我，我也不会主动回去！"

她继续向远处走。大风吹起了沙尘，打在她的脸上，混杂进她流下的泪里，李银刀一边抹眼泪一边跑，终于在一处空地上停下来，蹲在地上，撕心裂肺地大叫一声——她失恋了！越是在这种时候，回忆越是向心头涌来。她想起了和朱圈生、爹爹三人的快乐生活，想起了他们齐心协力共同打败了狼王，这一路走下来是多么不易，而朱圈生竟然为了一个刚刚认识的女人，把所有的过去都忘了！她发誓，从今天起，她的世界里再也没有朱圈生这个人，从今天起，李银刀就只有孤零零的一个人。

等到朱圈生出了门，李银刀早已没了踪影。朱圈生有气无处发泄，只好对身边的张玉郎吼道："你刚刚为什么不帮我拦着银刀？"

张玉郎："我帮你拦？她力气那么大，而且你们是三角恋，我一个外人插什么手？"

张玉郎虽然口中说不愿帮，可他也十分后悔让李银刀走掉。如果李银刀在，朱圈生就会克制自己和柳月的关系；一旦李银刀走了，柳月和朱圈生的春天也就来了，他张玉郎就休想再打柳月的主意。他巴不得李银刀不走，可事已至此，已经别无办法了。

朱圈生看着李银刀消失的方向，哽咽着说了无数遍："银刀，银刀……"

柳月站在驿站门口，看到李银刀已经不在了，计谋得逞，她偷偷狞笑起来。

剧照

第十九章
柳月身世之谜

第十九章 / 柳月身世之谜

转眼又是一天过去了,三人来到一个山坡上坐下来,夕阳已经是暗红色了,一天的奔徙即将结束。柳月独自坐着,神情哀伤地抚摸着一块玉佩。这正是那日引得法王发怒的那块半月形玉佩。柳月想起了自己的伤心事,不禁感叹起来:"自古红颜多薄命,人心险恶十不赦,昔日情郎今何在,忘得此生不了情。"

"昔日情郎已不在,今日情郎在身后。"一个声音从背后传来。柳月回头一看,是张玉郎。张玉郎说:"想不到月儿还会吟诗呀,真是才貌双全,难得难得!"

柳月:"玉郎哥哥就不要取笑月儿了,我哪会吟诗啊,只是有感而发,胡说了几句。"

张玉郎看着柳月手中的玉佩,问她:"月儿,这玉佩一定有段故事吧。"

柳月点头,张玉郎叫她说来听听。柳月沉默着,不知说什么好。这时,朱圈生从坡下爬了上来,气喘吁吁地说:"你们两个……怎么爬得那么快呀。"

张玉郎:"就是啊,累死本公子了。月儿妹妹,你也很累吧?我的箱子里还有……"

"我不累,"柳月指着前方说,"前面就是烟翠楼。"

朱圈生看到柳月手中的玉佩,也问起来:"月儿妹妹,你拿着的是什么东西呀?"

柳月站起来,把玉佩收回怀里说:"没什么,一个故人送的礼物而已。"

朱圈生不便再多问。他一屁股坐在地上说:"我想银刀了,她现在不知道在哪儿,会不会遇到坏人啊?呜呜呜。"

张玉郎:"放心,就她那身手,你应该担心坏人会不会被她打死才对。"见朱圈生还在长吁短叹,张玉郎又说:"放心放心,前面就是烟翠楼了,到了烟翠楼,就陪你去找李银刀。"

李银刀和三人的前进方向恰好相反。烈日灼灼,茫茫大漠,她孤身一人迷了路,口干舌燥,险些晕倒在沙漠里。她拿出水壶往嘴里倒,里面一滴水也没有了。

越来越支撑不住了。李银刀的意识变得模糊起来,她隐约看到了有两只脚走向自己,越来越近……还没等看清,便昏了过去。

等到她醒来时,发现自己身处一个农家屋子醒来,面前一个人也没有。她试着走出农家,来到街道上,四下一看,偌大的村子竟然找不到一个人影。李银刀自言自语道:"这是什么鬼地方?怎么一个人都没有?"

这时,一个白发苍苍的老人扛着锄头缓慢地从李银刀面前走过。李银刀追上前去问:"老爷爷,这是什么鬼地方啊?老爷爷!"

老爷爷回过头来,气愤地说:"叫谁老爷爷呢,人家才十七。"说着便兀自向村口走去,任凭李银刀怎么叫他都不再理会。

李银刀还是满头雾水,她突然听到身后有个声音叫她:"小姑娘,你醒来了?"李银刀吓了一跳,往身后一躲,却正好躺在那人的怀里。她仔细一看,是女神仙。

李银刀:"神仙姐姐,原来是你?是你从沙漠里救了我吗?"

第十九章 / 柳月身世之谜

女神仙："是呀,你现在感觉怎么样?头痛不痛,想不想喝水?要不要吃东西?我这里有很好吃的东西哦!"

李银刀四下打量:"这是什么地方?"

女神仙:"你想知道这是哪儿啊?那你早说嘛,你不说,我还以为你不想知道呢!"

李银刀有些不耐烦:"所以这地方到底是哪儿?"

女神仙:"哦,这里叫柳家村。"

李银刀:"这个村子怎么这么荒凉?刚刚我还看到一个很奇怪的老人。"

女神仙感叹:"那个老人可是有一段故事哦,几十年前,他还是一个相貌英俊的年轻人,和村里一个女孩相恋——

"这老人名叫王生,自幼生长在读书人家。年轻时,他爹为了给他的仕途开路,为他挑选了官家的女儿做妻子,可是他就是不服安排,为此竟试图要跟他爹决裂。父子吵架之后,王生几十天都没有回过家门。终于有一天,他落魄地回到家中向爹爹借钱,爹爹一问才知道,原来王生早就有了意中人。只不过,这意中人出身贫寒,门不当户不对,当爹的怎么都不能同意,也拒绝借钱给王生。

"你可知道王生为什么要这钱?那就要说起那个女孩了。有一天,两人在街上闲逛,在一家铺子前停下来。女孩拿起一对半月形的玉佩,久久舍不得放下。王生知道女孩喜欢,可他也知道自己一分钱都没有,根本买不起这对玉佩。女孩也十分通情达理,没有提出买下来的要求。可王生心里明白,他对女孩说,十天之内,他一定把玉佩买下来送给她。他问了老板价钱,让老板给自己留着。这十天里,他想尽了所有的办法,无论如何都凑不到钱;最后一天,他只好走上最后一条路,踏进爹的家门,可惜也被拒绝了。

"不过,天无绝人之路。那天这一对男女在看玉佩的时候,我刚好从这里经过,被王生的诚心打动了。这件事我一直记在心上,所以在他走投无路的时候,我在他脚下变出了一袋银子,想让他拿去买下那对玉佩。可是这王生实在憨厚,知道不是自己的银子,几天都没敢花出去,直到第十九天,确定没人来认领,他才拿上银子,把那对玉佩买了下来。就这样,这对玉佩一人拿着一半,成了定情信物。"

李银刀忽然想起自己见过这样的玉佩,她问:"神仙姐姐,你说的那个女孩,是不是叫柳月?"

神仙姐姐点了点头,继续说:"你已经猜到了。柳月和王生手拿玉佩,在一个月明星稀的夜晚,对天叩头,私定终身。不过,事情还是传到了王生爹的耳中。他原以为,儿子借不到钱,就会乖乖回到家里,可是左等右等就是没有消息,他派人去打听,这才知道儿子已经跟那柳月姑娘结为夫妻了。父亲恨自己行动太迟,可是心也软了下来,决定接受儿子的选择,把两人接回家中。就这样,王生和柳月回到了宽敞的宅子里住,以为会永远幸福下去了。

"可是好景不长。王家上上下下的人渐渐传开了个消息,说

第十九章 / 柳月身世之谜

柳月天生是阴阳眼。这话越传越离奇,直到最后大家认定柳月是个怪物。村民们都说看到柳月举止异常,能通阴阳,会给村里带来灾祸,应该将他除掉。王父本来就不怎么喜欢柳月,他也想除掉她,给儿子另娶。"

李银刀:"原来柳月还有这样一段往事。后来呢?"

女神仙:"后来,柳月就被村民绑在了火刑架上,活活烧死了。王生和柳月的手紧紧握在一起,不肯松开。当爹的自然不舍得儿子一起送死,强迫分开了他们的手。火把点着的时候,王生就在一旁撕心裂肺地哀嚎。他想要救她,却也是无能为力,只能眼睁睁看着自己心爱的人死去。"

李银刀沉默了一会儿,又问:"现在的柳月,是她死后的鬼魂吗?"

女神仙:"随我来。我带你去一个地方。"

女神仙把李银刀带到了一处荒原,在不远处,一个坟头高出了地平线,刚才见到过的老人正在给坟墓除草。李银刀看到,老人的腰间戴着一个半月形的玉佩。

女神仙:"柳月死后,王生精神就垮了。这几十年里,他一直以为自己只有十七岁。他每个月都到这里来看望柳月。可惜他不知道,柳月的尸体早已经不在里面了。"

李银刀:"在哪儿?"

女神仙:"柳月刚一入土便被法王带走了。法王利用妖术恢复了柳月的魂魄,他让柳月保持意识,又不让她真的活着。也就是说，柳月现在成了妖怪，她的元气锁在了一盏莲花灯之中。在法王的逼迫下，她到处害人，村里人害怕，全部逃走了，只有那个老人留了下来，看守着女孩的坟墓，过了一年又一年。只有他坚信，柳月是无辜的。"

李银刀指着不远处的坟墓问："我们要不要过去一下？"她一回头，却发现神仙姐姐已经不见了。她独自走到除草的老人身边，正打算要说话，突然看到墓碑上写着：爱人柳月之墓。此时，李银刀的心里五味杂陈，因为她这才知道，柳月所有的恶行都是法王逼迫的。

法王？李银刀突然想到大事不好——朱圈生和张玉郎被引到法王那里去了！

剧照

第二十章

夜入烟翠楼

第二十章 / 夜入烟翠楼

阴风阵阵，黄沙漫漫，朱圈生三人渐渐走近烟翠楼。烟翠楼的模样在黄昏里依然清晰，门窗凋败，色调冷灰，蔓草丛生，丝毫不像是有人住的地方。

张玉郎："这就是烟翠楼啊，怎么好像没人住似的？月儿，你不是说有表舅在这儿吗？"

柳月："我们已经很久没有联系了，我也不知道是怎么回事。"

张玉郎："不对。"

朱圈生："什么不对？"

张玉郎："这地方好像有妖气。"

柳月"哎呀"一声躲到朱圈生身后，小声说："玉郎哥哥，你不要吓我，这地方怎么会有妖怪？"

张玉郎："不用怕，玉郎哥哥我是捉妖师。月儿，你等在楼外，我们两个先进去看看，万一有情况，你就立马逃跑。"

柳月有些感动地点点头。朱圈生和张玉郎推开大门，走进了烟翠楼的院子。院子里到处飘着红色的帷幔，破烂的家具上积满了灰尘，显得十分破败，气氛也相当诡异。一眼看去就可知道，这里根本没有人，倒是可能有妖怪。张玉郎从背篓里拿出一个测妖气的八卦罗盘，摆开架势舞动了几下，口中念念有词："天灵灵地灵灵，乾坤罗盘快显灵！"八卦罗盘疯狂旋转了一阵后，顷刻崩碎成两半。

张玉郎拿起两块碎片，自言自语道："怎么坏了？没关系，我还有别的办法。"他又从背篓里拿出一个香炉，将香炉放在屋中空地上,接着又拿出一只引魂香,正准备点燃,香突然断了。他惊讶不已,叫道:"怎么会这样?"

朱圈生凑过去问:"怎么了?"

张玉郎:"我的两个法器都坏了,这里很可能有十分厉害的妖怪,我的法术根本看不透。"两人精神紧张,相互对视,一时没有别的办法。

"朱哥哥!"

一声轻弱的叫唤忽然从背后传来,吓得两人哇哇大叫,差点当场崩溃。两人转身一看,原来是柳月走了进来。

张玉郎:"你吓死我们了。"

柳月:"对不起,我一个人在外面等的时间久了,有点害怕,所以,就跑进来找你们了,我不是故意吓你们的。"

朱圈生和张玉郎松了一口气。三人继续向房间深处走去,可走了半天也没看见人影,妖怪也没有。朱圈生稍微放松了警惕,躺在地上说:"累死了,月儿,里里外外都找了,看来你那个表舅不在这里。"

柳月:"也是,这么多年了,也许早就离开了吧。"

朱圈生:"那你怎么办?本来是要投靠表舅的,现在表舅不在,你去哪儿呢?"

张玉郎:"你这个猪头,当然是跟我们一起走了。月儿,你说对不对?我们都舍不得你的。"

朱圈生:"既然这样,咱们休息一晚,明天一起出发去找银

第二十章 / 夜入烟翠楼

刀吧。"

张玉郎:"也行,不过,在这里休息会不会有危险?我总觉得这地方邪乎,说不定半夜妖怪就回来了。"

柳月:"可是……这么晚了,咱们还能去哪儿,我听说这附近,晚上有狼吃人的。"

话刚说完,远处就传来一声狼叫。朱圈生捂住两只耳朵说:"既然这样,那咱们还是留在这儿吧,反正你不是也没找到妖怪吗?"

张玉郎不说话,开始在房前布阵法。他用一根长线串起几个小铃铛,挡在众人睡觉的房间,把房子围成了一个圈。朱圈生问他在干嘛,张玉郎说:"安全为上,布个阵,只要有妖怪靠近,这些铃铛就会响起来。"

朱圈生打了个哈欠,说:"大夏天的这里怎么这么冷……那你忙吧,我要睡了。"

张玉郎抓朱圈生站起来,对他说:"不行,咱么要轮流守夜,不然妖怪来了怎么办?"

朱圈生:"我真的好困,你一会儿叫醒我行了吧?"他刚说完便倒头睡着了。

张玉郎无奈地摇了摇头。他回头看看柳月,发现她也已经躺在地上闭起眼睛。眼下只有张玉郎一个人还清醒着,他一开始紧紧盯住门口,生怕有妖怪突然闯进来;风吹进房间,吹响了铃铛,也会让他心惊肉跳,时间一长,他的精神终于也撑不住了,毕竟走了那么长的路,一旦安静下来,最想要的还是睡觉。可也不能没人值守，于是他把朱圈生摇醒："老猪！起来！该你了！"

朱圈生迷迷糊糊醒来，刚要做梦就被张玉郎叫醒，一个囫囵觉也睡不成。他抱怨了两句，又只好擦擦口水，坐起来值班。

张玉郎要睡了，他看看团缩在地上的柳月，感觉她很冷，便躺到她身边，胸口贴着她的后背，又不好意思十分靠近，就这样安安静静地闭上了眼睛。张玉郎一时竟睡不着了，他还是第一次跟柳月的身体靠得这么近，也不知柳月是否愿意，他想她不会怪自己的。

柳月根本没有睡着，她知道这注定是个不同寻常的夜晚，知道两个男人正处于危机之中，而这危机是她引两人来烟翠楼所带来的。柳月一方面是完成任务后的轻松，另一方面也为做了不义之事感到痛苦。当张玉郎躺过来时，她忽然感觉到了一丝人性的温暖，那是她在妖怪堆中久久没有尝到过的。她第一次正式思考起张玉郎这个人来，第一次细细品味这一路上他所表达出来的爱慕之情。柳月想着，竟稍稍动了情思，她没有拒绝张玉郎躺在身后。

朱圈生太困了，根本没有注意到两人睡在了一起。他起先是坐着，脑袋摇摇晃晃，接连打着瞌睡，没一会儿就睡着了。他不知道危机正在靠近：一只留着长长的红指甲的手伸到了房间门口。

这只手不小心碰到了张玉郎布下的线，铃铛响了起来。朱圈生和张玉郎都睡着了，丝毫没有察觉到异常，只有柳月有所察觉，她意识到可能是法王来了。但她不敢挪动身体，她怕碰醒张玉郎，导致计划失败，被法王惩罚。

第二十章 / 夜入烟翠楼

突然,一个轻微的声音在朱圈生的耳朵边响起来:"朱圈生……朱圈生……"

睡得正熟的朱圈生立马醒过来,发现李银刀就站在面前。他要拉住李银刀的手,却发现李银刀转身就往外跑,背影一闪而过。朱圈生大声叫喊着李银刀的名字追了出去。他忘记了带上钉耙,也把线扯断了,铃铛"铛嘟嘟"地全都掉在了地上。

张玉郎听到铃铛响动,立马坐了起来,看见朱圈生不见了,想要起身。柳月背对着他,突然睁开了眼睛。

朱圈生跟着李银刀的背影,跑到了烟翠楼深处。他看着李银刀的背影一直在不同的地方闪现,却怎么也跟不上李银刀,任他怎么喊李银刀的名字,对方就是不回头。最后,朱圈生跟着李银刀来到一个飘着红色帷幔的房间,突然发现她不见了,只有帷幔在轻轻飘动。

阴风吹进来,朱圈生起了一身鸡皮疙瘩。他在房间里四处乱转,始终没有发现李银刀的身影。他哀求道:"银刀?银刀在这儿吗?求求你,别生气了,快出来!我发誓,以后绝不惹你生气了,你打我也好,骂我也好,我绝对不回嘴,对不起,你原谅我吧——"

突然,在他身后发出"嗖"的一声。朱圈生一转身,猛然看到一个陌生的姑娘站在自己面前。此人正是狼王身边的飘絮,是她假扮李银刀,把朱圈生骗了出来。她仔细看着朱圈生的脸,差些流出口水来。自从上次见过朱圈生,她就一直没有忘记他。她渴望有一天能得到朱圈生的身体,渴望像柳月一样勾引到这个男人。这一次,她一定要试试。

朱圈生被吓了一跳,大喊:"妈呀!你……你不是银刀……你是谁呀?怎么会出现在这里?"

飘絮靠近了说:"公子,你刚刚不是在找我吗?"

朱圈生:"不不不,我要找的人不是你,我刚才认错人了,现在我要回去了。"

朱圈生说完就要转身离开。飘絮"哎呀"一声摔倒在地上说:"公子,您刚才一直追人家,吓得人家把脚踝崴了,好疼啊,你怎么能装作没事一样就走了呢?哎呀,疼死我了,你快来给我看看。"

朱圈生回头,看到飘絮的脚上的确流着血,就问:"姑娘,真是不好意思。不过这半夜三更的,你怎么一个人来这种地方?"

朱圈生蹲下来摸飘絮的脚。飘絮一把勾住朱圈生的脖子,半带调戏地说:"哎呀,我叫飘絮,是一个无父无母的孤儿,来这边投奔亲戚。"

朱圈生:"你也是来投奔亲戚的?"

飘絮:"是啊。"

朱圈生:"什么亲戚?表舅吗?"

飘絮想了想说:"是,是表舅。"

朱圈生站起来,指着飘絮的鼻子说:"撒谎,怎么可能一模一样,你是不是一直在跟踪我们,偷听我们的对话?"

飘絮:"我说的可句句都是实话。我来到这里才知道,烟翠

第二十章 / 夜入烟翠楼

楼一个人也没有,我想,表舅大概是被妖怪抓走了。哎,先不说这些了,你看我现在又受了伤,好可怜啊。"

朱圈生:"怎么最近这么多人来这里投奔亲戚啊……哎,姑娘姑娘,你把胳膊松开,不要跟我靠得那么近,让人看到了会误会的。"

飘絮:"这种地方,还能被谁看到?"

朱圈生坚持推开了飘絮。

"哎呀。"飘絮尖叫一声,假装被朱圈生弄伤了,立马扑在地上捂住脚腕,边叫边打滚。朱圈生连忙去扶她。

朱圈生:"对不起,你没事吧?我刚才不是故意的。"

飘絮趁机一回头,又缠上朱圈生,把他压在身下,用撒娇的语气说:"当然没事。不过,公子,你推开人家,是不是嫌人家丑,不喜欢人家啊。可是你知不知道,人家好喜欢你呢。"

飘絮说完就要去亲朱圈生的嘴。朱圈生立马用手捂住自己的嘴,从缝隙里挤出一句话:"不是不是,姑娘,你一个女孩子,还是矜持一点比较好!"

飘絮:"可是人家喜欢你,想要以身相许嘛!"

朱圈生:"啊?还带这种操作?怎么,最近女孩子都流行以身相许吗?"

飘絮接着便开始上前摸朱圈生:"公子,我好冷啊,你抱紧我,你不是很喜欢救助孤女嘛,你也来救救我啊!"

朱圈生一把推开他:"你冷,靠着我也没用啊,我回去给你找件衣服呵。"朱圈生转身要离开,却见亮光闪烁,光源就在自己身后。他回过头去,发现飘絮挥舞着着火的衣服大喊:"哎呀!着火啦!救命呀!我好热啊!"

飘絮把着火的衣服脱下,赤身裸体到处跑起来。

朱圈生:"奇怪,怎么突然间就着火了?你到底是冷还是热啊?"

飘絮围着房间绕了一圈,终于把火扑灭了。她又趴在地上说:"刚刚是热,现在又变冷了,公子,你脱了衣服给人家穿啊!"

朱圈生哪里肯脱衣服,他想跑,却被飘絮扑倒在地上,强行要脱下他的衣服。

朱圈生:"你你你,你别这样!你要是再这样,我就……"

飘絮:"就怎样啊,公子?"

朱圈生:"我就把持不住了。"

飘絮:"那就快点把持不住吧。公子不要害羞嘛!"

飘絮说着开始解朱圈生的腰带,朱圈生猛地一推,再一次把飘絮推倒在地。他站起来,穿好衣服说:"哼,我刚才戏弄你呢,你——你是妖怪!"

飘絮:"冤枉啊,我怎么会是妖怪呢,我可是良家女子,来投奔表……"

没等她说完,朱圈生就说:"别说了!我不会相信你的,半夜三更,良家女子根本不会到这种地方来。我刚才看到的银刀,也是你假变的吧?"

飘絮见已无法掩饰，便从地上爬起来，气愤地说："为什么柳月可以，我就不行！"

既然不能爱朱圈生，那就只有恨了。只见火光熄灭，飘絮露出血红的尖牙，向朱圈生抓去。

"鬼呀！"朱圈生大喊着逃走，边跑边叫，"张玉郎，快来救我，张玉郎，快来捉妖！"任他怎么叫，就是没有人回应。仿佛间，朱圈生听到，楼里弥漫着诡异的烟雾和女人哀怨的哭声。

朱圈生："张玉郎！月儿！你们在哪儿？这里有妖怪啊！"

依然无人回应。朱圈生预测到大事不好，心立刻提到了嗓子眼上。他向刚才睡觉的主厅跑去。

剧照

第二十一章
法王复仇

朱圈生在大厅找了一遍，没有找到张玉郎和柳月。他发现身边有楼梯，便走上二楼，看到十几个狭小的房间排列在一起，房间里面发出杂乱的哀嚎声。他有些害怕，只是在过道上喊了一声张玉郎的名字，发现没人回应，便折返下楼。

就在张玉郎走下楼梯时，妖风猛然变得强烈了，头顶亮起一盏红灯笼，紧接着第二盏，第三盏……直到把整个大厅照得像被鲜红的血染过一样。紧接着，红布在头顶飘起，诡异的音乐声从无变有，声音越来越大。朱圈生吓得停住了呼吸。

烟翠楼开始显露自己的真面目：笙歌曼舞，人声鼎沸，到处都是寻欢作乐的妖怪，死去的大法师和小法师也在其中。朱圈生顿时被眼前的景象震惊到了，他慌乱地走到大法师面前问："大哥，这是怎么回事啊？"

大法师只顾着跟周围人喝酒作乐，好像完全没有看到朱圈生。朱圈生去推大法师，手却从大法师的身体直接穿了过去。他吓得大叫一声，跌坐在地上。突然，朱圈生发现，张玉郎的身影就混杂在寻欢作乐的人群里。只见张玉郎站在大厅中央，面无表情，被一众舞女牵着手往前走，朱圈生大喊张玉郎的名字，接着从地上爬起来去追他，但张玉郎似乎听不见朱圈生的喊叫，面无表情地被舞女们牵着继续往前走。

朱圈生不顾一切地跑到张玉郎面前。他身边只有张玉郎一个熟悉的人了，要是张玉郎有个三长两短，别说是降妖除魔，就连自己的性命都没法保住。可是眼下，张玉郎到底是死是活？这是

第二十一章 / 法王复仇

他的真身还是魂魄？朱圈生什么都没法确定。他大叫着："张玉郎，醒醒！不能去啊！"最后一丝直觉告诉他张玉郎没有死。

周围环绕张玉郎的舞女们纷纷上前勾引朱圈生说："公子，到我这里来。"

朱圈生的魂像是被勾走了一样，不由自主地跟着舞女向前走去，可他立即反应过来，推开了舞女们环绕他的手臂。众舞女倒在地上，张玉郎也甩了甩头，突然清醒过来。朱圈生刚要跟他说话，却听到身后有人叫自己："朱哥哥！"

柳月！朱圈生赶忙回头，却毫无防备地被柳月一挥袖子迷晕了。等到他再次醒来，发现自己已经被人捆住，躺在地上动弹不得。他迷迷糊糊地说："这是什么地方？"

朱圈生的神志渐渐清醒，他看到了法王，以及法王身后的柳月和飘絮，两人都已变作妖女打扮。朱圈生对柳月大喊："月儿你快走，你旁边的女人是妖怪，她会杀了你的。"

他努力挣扎着想要爬起来，却被绳索绊倒了。柳月咬住下唇，没有说话。飘絮在一旁冷笑起来，法王也跟着大笑道："朱圈生，你真是死到临头还稀里糊涂啊。"

朱圈生疑惑地看着法王，问他："你是谁？为什么要绑架我？"

法王："天蓬元帅，这么多年过去了，你连我都不认得了？"

朱圈生："我现在是朱圈生，不是什么天蓬元帅。我也根本不认识你，我们无冤无仇，你还不快放了我。"

法王:"无冤无仇?那我可得好好提醒你一下……"

朱圈生:"不用你提醒,我不感兴趣,你快放开我!柳月,你快逃啊。"

柳月一动不动。法王上前捏着柳月的下巴说:"你还不明白?柳月是我的人,她是我派去勾引你的。你还沉浸在自己的桃花梦中吧,哈哈,这不过是我设下的一个局。"

朱圈生看着柳月,试图从她那里找到她不是妖怪的证据,可是柳月依旧不动声色。朱圈生深感难过,他说:"月儿,银刀说得没错,你真的是妖怪!"

柳月仍然没有说话。朱圈生继续问法王:"你到底是谁?为什么要害我们?"

法王:"你刚才不是说不感兴趣吗?现在倒自己问起来了。我本是一个修行了五百年,终于得道的修炼者。一千年前,我上天庭受封仙位,却被你通过玉帝说我残害人间,害我被打下凡间,重新修炼。五百年,整整五百年!全白费了!这都是拜你所赐!"

朱圈生:"这不关我的事吧,一千年前,我爷爷都还没出生呢!"

法王:"住嘴!一千年前,你还是天蓬元帅!你可知道,我捕捉人类采集阳气,有多么不容易?五百年修行,你朱圈生还得起吗?"

朱圈生:"说什么修行,你这样分明是妖怪的行径。看来你没有吸取教训,你总有一天会有报应的。"

第二十一章 / 法王复仇

　　法王："哼，你说得对。可是，我怎么会傻到再花五百年？朱圈生，你是半人半仙之体，可真是为我省了大工夫！既然上天把你送到我手里，明天吉时一到，等我炼化了你，我就可以脱胎换骨，得道成仙了，哈哈哈！说什么报应不报应的，你看，天都在帮我！"

　　朱圈生听完，连忙解释："你抓错人了！我不是什么半人半仙，我一点仙术都不会，我只是一个普通的农民，你看，我还带着锄地的钉耙呢！"

　　法王怒吼："朱圈生，别狡辩了，我是不会看错的，你就乖乖等着两天后受死吧！给我把他押下去！哈哈哈！"

　　柳月面露不忍之色，看了朱圈生一眼。她无法表露她的后悔，她不应该把两人带到烟翠楼来，可是不照办，法王是绝不会饶了她的。她忽然感到自己的一丝自私，为了保全自己牺牲了两个人。柳月想起不久前张玉郎躺在自己身边的感觉，那人性的味道温暖了她，她不由低下了头。

　　法王手下的小兵押着朱圈生走向地牢。楼梯越来越窄，光线越来越暗，人声越来越嘈杂。朱圈生害怕了，想要挣脱开小兵逃出地牢，却被小兵按在地上，反抓住胳膊。

　　朱圈生一声惨叫："啊！疼死我了！"

　　这叫声透过空气，穿过铁栅栏，被地牢中的张玉郎识别了出来。张玉郎大叫朱圈生的名字，两人终于见了面。两人互相安慰了几句，确保没有人身危险后，便谈起了地上的妖怪。

张玉郎:"你说,那妖怪要吃了你来修仙?哈哈哈哈,你屁法力没有,吃了你有什么用?"

朱圈生:"你别笑了行不行?我说的都是真的。"

另一边监狱里,一个衣衫褴褛的大妈爬起来说:"他说的没错。"

朱圈生:"鬼啊!"

大妈:"别害怕,我和你们一样,也是关在这里的囚犯。"

朱圈生深思片刻,对大妈说:"大妈,你怎么在这儿?你不会是神仙姐姐变的吧?哎呀,神仙姐姐,我知道你最爱变成大妈了,你这次一定是来帮我们逃出去的对不对?我真是太感谢你了,快来帮我们逃走吧。"

大妈:"什么神仙姐姐?你见过有关在地牢里的神仙吗?我本来是法王手下的女妖,因为想逃走,被抓住,关在这里饱受折磨,已经离死不远了。"

朱圈生:"这个法王,手段到底有多残忍,连手下的妖怪都选择逃走。"他冲大妈摆摆手说:"不会死的,我们会救你出去。"

大妈:"你们自身难保,怎么救我?法王狠毒,做事不择手段,他是不会放过你们的。"

张玉郎沉思半晌,问大妈:"大妈,既然您是这里的妖怪,那您一定知道柳月的身份咯?"

大妈:"当然知道……她可是……"

大妈没把话说完,便咳血而死。张玉郎十分无奈,他明明已经知道柳月是妖怪,可就是不愿意相信。他不愿意让自己的爱倾注在一段不可能的感情上,不愿意接受另一半的身份是妖怪,因为他是捉妖师。他从未感到如此矛盾。

张玉郎:"朱圈生,你说,爱一个人为什么这么难?"

朱圈生:"是啊,我的银刀,还不知身在何处,都怪我……"

张玉郎:"我是说,当我发现,我爱的人竟然是妖怪,我该怎么办?"

朱圈生:"你是说柳月?"

张玉郎点点头。

朱圈生沉默着,不知该怎么回答他。老天创造了爱情,又让两情相悦之人如此之少,在爱情中创造了太多的坎坷,太多的不可能。两人各怀心事,共同看向地牢的铁栅栏。

剧照

第二十二章

地牢逃生

朱圈生已被拿下，法王兴奋难挡，当即宣布晚上宴酒，歌舞庆祝。

时辰已到，众妖女跳起鬼魅的舞蹈，有些试图讨好法王的女妖争相拿上水果酒杯到法王身边伺候。飘絮也来到了法王身旁。

飘絮跪在法王面前，美言道："恭贺大王，明日就要得道成仙。"

法王问："飘絮，你觉得玉皇大帝会封我做什么神仙？"

飘絮："什么神仙都好，飘絮会一直追随法王。"

法王又问："你真的对我那么忠心，做什么都愿意？"

飘絮："飘絮万死不辞。"

法王捏住她的下巴，轻轻抬起来，对她说："念在你对我一直忠心耿耿的份上，我就让你死个明白。如果被人知道，我是通过这种方式修炼得道，玉帝绝不可能册封我仙籍。上次我已吃过苦头，这次不能再有差错。既然仙骨已经得到，你们就和我的秘密一起消失吧。"

飘絮脸色大变。这么多年，她忍气吞声，被一个害死自己男人的人压在下面，还要违心地奉承他，顺着他，没想到到头来还是要死在他手下。她转身要逃。

法王狞笑一声，一把将飘絮抓过来。在一声惨叫中，飘絮被吸成了粉末。众女妖见状大为惊恐，尖叫着四下逃跑。法王发出阴森的笑声，说道："你们一个都别想跑！"他立刻发功，将众女妖都虐成粉末，只留了一地的衣服。

柳月躲在帷幔后面看到这一幕，一种对死期的惧怕涌上心头。

第二十二章 / 地牢逃生

她偷偷看了一眼那盏莲花灯，如同看着自己的命门——这命门就在一个近乎疯魔的妖怪掌心里。怎么逃？她想到了朱圈生。若朱圈生真是半人半仙之体，或许跟着他还有一线生机。突然，有人拍了下柳月的肩膀。柳月刚一回头，就被对方捂住了嘴巴。

柳月惊讶地发现，面前的人是李银刀！柳月刚要掏出剑来，李银刀突然说："先别动手，我有话要对你说。"她松开了手，拿出一块半月形的玉佩递给柳月。这玉佩是李银刀问坟前老人要来的。

柳月接过玉佩，立马拿出自己的那一半，拼凑在一起，形状刚好是吻合的。她的眼中立刻涌出泪来，半晌都止不住。她抽噎着问李银刀："你为什么会有这个玉佩？"

李银刀："柳月，我知道你本是一个好人，跟着老妖怪害人不是你的本意。"

柳月："好人有什么用，还不是被人害死。"

李银刀："最起码，这个世界上，不是所有人都是坏人。你的恋人当年为了救你，被村民围攻，你死后，他还是一直内疚，这块玉佩，是他让我带给你的。"

柳月颤抖着接过玉佩，泪流满面地问："他现在怎么样？"

李银刀："他一辈子没有成亲，一直守着你的坟墓。"

柳月还在掩面哭泣："他怎么那么傻，我已经死了啊，他为什么还要这么苦着自己。"

李银刀："柳月，你听我说，只要你现在帮我找到朱圈生，我保证你们还会相见。我们一起降服法王，一定可以做得到！"

柳月："你还是太低估法王了，你没有看到，他是怎么杀死飘絮的……"

李银刀："飘絮是什么人？"

柳月："算了，看在你带来玉佩的情义上，我帮你就是了。"她准备带李银刀悄悄潜入地牢之中，却不知道，她们的对话被法王手下的一个小兵听了去。

这小兵刚一来到法王身边，差点被法王吸成粉末。他急忙喊道："大王，小的有重要的情报向您报告。"

法王住了手，问他何事相告。小兵把自己听到的对话一五一十地交代了出来。法王一边听一边皱起眉头。等小兵把话说完，法王满怀深意地点了点头，旋即把小兵吸成了粉末。

朱圈生和张玉郎还在地牢中挣扎着。狱卒嫌两人太吵，把两人绑了起来，用两块抹布堵住了两人的嘴。张玉郎喃喃自语，却说不出任何具体的字。不一会儿，一股呕吐物从张玉郎口中喷薄而出，同时挤开了抹布。朱圈生见状，恶心地吐了出来。

朱圈生："恶心死了！"

张玉郎："不吐出来，就要一直憋着。现在好歹能够说话了。我要开始念咒语了，等着吧，绳子马上就会解开。"

只听张玉郎念道："天地有灵，与我神法，急急如律令！解！"绳子松了两下就不动了。

朱圈生："你快点，不然我就要给做成烤猪了。"

张玉郎突然沉默了，朱圈生问他为什么，他说："都怪你催我，催得我都忘词了！"

这时，地牢门口的两个看守听到了两人的对话，意识到两人想要逃跑，便准备上前警告。可还没等走出半步，李银刀就趁两个看守不备给他们一人一拳，恰好打在了后脑勺上。两个看守立即晕了过去。柳月立马上前在看守身上摸索，找到了打开牢房的钥匙。

朱圈生听到牢房铁门上的锁链响动，一眼看过去，发现李银刀就站在那里。他大为惊喜，随后又狐疑起来，问道："你是不是真的李银刀？"

李银刀把门打开，走进牢房拧住他的耳朵说："我都知道你屁股上有三颗痣，你说我是不是李银刀？"

朱圈生欢叫着："银刀！真的是你！我之前遇到一个假扮你的妖怪。"

张玉郎看到柳月，半是激动，半是防备。他已经知道柳月是妖怪之身，可不知她究竟是好是坏。张玉郎问："柳月姑娘，你怎么会出现在这里？"

朱圈生见到柳月，愤怒地冲了过去，抓住柳月的脖子狠狠说道："妖女！是你把我们骗来的！张玉郎，快用你的符咒收服她。"

张玉郎想要听朱圈生的话，可内心深处的感性阻止了他采取行动。李银刀见状，立马上前拉住朱圈生说："慢着！你误会柳月了。"

朱圈生："银刀，她离间我们两个，诱骗我把你赶走，这些你都忘了吗？你现在怎么还替他说话？"

李银刀："等收服了法王我再告诉你。柳月是迫不得已的，她是被利用的。"

"是谁想要收服我？哈哈哈哈！"法王大笑着赶来了地牢，这让柳月和李银刀措手不及。

柳月掏出一柄长剑指向法王，对剩下的三人说："你们快跑，我来对付这个大魔头！"

她催促着，然而三人并不打算走。

李银刀掏出自己的双刀，对柳月说："要走一起走，要死也一起死。"朱圈生和张玉郎也走上前，四人站成了一条线。法王见状，不敢轻易动手，他在寻找出手的时机。

朱圈生小声问张玉郎："你有什么办法降服他？我现在一点办法也想不出来。"

张玉郎："嗯……嗯……让我想想……"

柳月："你们快走吧，我的魂魄被法王困在一盏莲花灯里，是走不掉的。你们别陪我送死。"

朱圈生："降妖除魔，为民除害，我们四个打一个，不怕他。"张玉郎听完对话，一拍脑袋说："我有办法了。"

朱圈生："那你快说啊。"

张玉郎："你又催，又让我忘词了。"

法王瞅准时机就要进攻。他猛地从地面上弹起来，向朱圈生

第二十二章 / 地牢逃生

直扑过去。朱圈生不由自主地身体后仰，重心不稳，倒在了地上。眼看法王就要得手了，情急之下，张玉郎突然想起了刚才的办法。他从怀里掏出娘娘枪，对准法王的胸口发出"嘣"的一枪。只见法王倒在地上抽搐起来。

朱圈生看法王一直不站起来，以为他被降服了，便说："嘿，我以为这大魔头有多厉害呢，刚打了一枪就不行了，我再补一拳打死他。"他说着就要到法王跟前去，被张玉郎拦了下来。张玉郎说："别过去，娘娘枪的法力只能维持一会儿，他马上就会恢复过来，趁这个机会，我们还是快逃吧。"

李银刀："那我们抓紧时间跑吧。"

柳月犹豫了一下，又坚定地点了点头。四人中最熟悉烟翠楼的就是她了，因此由她来给大家带路。烟翠楼中弥漫着白色的烟雾，柳月带着大家走来走去，总是在一处楼梯打转。朱圈生心生怀疑，问："你是不是故意带我们打转，好等法王清醒过来？"

柳月："我要是害你们，刚才就不会放你们出来。这里被法王施了障眼法，所以我们走不出去。"

张玉郎："障眼法这种雕虫小技，让我来破。"他拿出符咒，口中念着："天灵灵地灵灵，祖师爷快显灵，破！"

符咒飞上空中，却突然烧了起来，掉落在地上。张玉郎："怎么会这样？"

柳月："没有用的，这种障眼法，只有纯阴之血才能破。"

张玉郎和朱圈生齐齐看向李银刀。李银刀对柳月说："我就是纯阴之女。"她走到张玉郎跟前,伸出自己的玉手。张玉郎拿过李银刀的手,割出几滴血,滴到法器中。

"天灵灵地灵灵,祖师爷快显灵,破!"张玉郎再次施法。只见法器中冒出一阵青烟,整个楼里闪了一下光,四周瞬间变得清晰起来。

柳月:"我知道怎么走了,跟我来。"

剧照

第二十三章
痴情的张玉郎

第二十三章 / 痴情的张玉郎

四人决定取回莲花灯,救回柳月的魂魄。柳月带大家穿过弥漫的烟雾,跑进一扇门内。大家的视野慢慢清晰起来,发现四周空无一物。朱圈生问:"灯呢?"

柳月:"奇怪,之前明明放在这里的,现在怎么没有了?"

张玉郎:"月儿,这下就让我出手吧。"他背过身去,再猛一转身,大喊:"天灵灵地灵灵,祖师爷大显神灵,显原型!"紧接着,烟雾散去,灯墙出现。

柳月一见到莲花灯就急着去拿,可就在手指碰到的一刹那,突然妖风四起。

"法王追上来了!快逃!"柳月催促大家。

法王此时已经伸出手掌,愤怒地向柳月袭击过去。柳月猛一转身,带领大家跑出了门,跑到了院子里。法王灵机一动,大手一挥,灯火跟着飞了出去。

"糟了。"朱圈生惊叫。在四人面前,灯火挡住了众人的出路。张玉郎准备施法,可法王更快一步飞身来到了院子里,他高喊:"你们一个也别想逃!"接着两手一挥,火焰向四人飞袭而去。柳月眼疾手快,施法拿住了莲花灯。

法王:"贱人!敢背叛我,我要你魂飞魄散!"他掷出法杖,将柳月钉在柱子上。柳月被打成了重伤,手中的莲花灯滚落在地上,全身冒出白色的雾气,大声惨叫着。

朱圈生想去救她,却被法王打飞到数米之外。李银刀惊惶失措,她既顾及朱圈生的安全,又对柳月心怀歉疚而想要出手相救。

在她游移不定的时候,张玉郎挺身而出。

张玉郎对李银刀说:"我来救月儿,你去帮朱圈生!"

李银刀大喊着去扶地上的朱圈生,余下张玉郎一人对抗法王。可惜他没有撑太久,等他把所有法术都用完了,法王还是毫发无伤。

法王见张玉郎已是黔驴技穷,发出了阴险的笑。他使出招数,光束袭向张玉郎,却被张玉郎躲开了。然而事情并无好转,光束继续前进,眼看就要击中李银刀。朱圈生高喊着"不要",翻身要为李银刀挡住光束。强光正中他的胸口,一口殷红的血液被吐在地上。

"朱圈生!"张玉郎和李银刀齐声喊。可是朱圈生已经没了任何反应。法王狂笑起来,欲用法术再次攻击张玉郎。张玉郎及时闪躲,再次掏出娘娘枪向法王射去。法王已经对娘娘枪有所防备,他猛一击掌,将娘娘枪打掉在地上,继续向张玉郎攻击。

娘娘枪在地上滑了很远,最终停在了柳月的脚下。柳月被法王折磨得很是虚弱,她浑身颤抖着,哆哆嗦嗦地伸手捡起娘娘枪,举了起来。枪口没有对准法王,而是对准了自己的身体。

李银刀大喊:"柳月,不要!"她飞也似地跑到柳月面前,一把夺过娘娘枪。突然,一个主意进入了她的思想,她举起娘娘枪,对着朱圈生的身体打出了一枪。

刹那间,烟翠楼狂风大作,倒在地上的朱圈生身体发出刺眼的光亮。他瞬时睁开眼睛,终于醒了过来,身体缓缓升上半空,

第二十三章 / 痴情的张玉郎

瞬时变成了飞天大野猪的形态。

法王从未料到眼前的场景。不等他反应过来，大野猪就向他发出了凶猛的一击。法王大为受挫，一个趔趄坐在地上。他意识到，凭自己的法力根本无法斗赢大野猪，便急忙跑到柳月身边，抢过莲花灯，对周围人大喊："要是再袭击我，我就把莲花灯砸碎，到时柳月再无还魂余地，可就别怪我不客气了！"

大野猪落在地上，愤怒地哼哧着粗气，却不敢攻击法王。柳月呻吟着："不要管我，你们快跑，不要管我。"

张玉郎滴下两滴清泪，深沉地说："月儿，不许你这么说。我会保护你，死也不足惜。"

柳月听了，泪水如泉涌般滑过脸颊，她带着哭腔说："如果……如果我今天死了，请你替我把玉佩还给他。"

张玉郎声嘶力竭地说："不！你死不了，你不会……"

未等张玉郎说完，柳月一头撞向法王的胸口。法王身体失去了重心，手中的莲花灯滑落下去，在地上碎成了七瓣。灯芯的光亮渐渐微弱，直至完全消失，柳月也失去了最后一丝生气，躺倒在地上。

"柳月！"张玉郎撕心裂肺地喊。

大野猪见法王没有了筹码，便飞速向其冲撞过去。法王被撞得灰飞烟灭，在空中化作一颗宝石，嵌入了九齿钉耙之中。钉耙与大野猪同时落到地上。大野猪渐渐变回朱圈生原形。

朱圈生从地上爬起来，已经不记得刚才发生了什么。只见张玉郎和李银刀趴在柳月的尸体上，无助地哭泣着。

张玉郎："我恨我自己。"

李银刀："不是你的错。"

张玉郎："直到她死去的那一刻，我都没有勇气说出我爱她。"

李银刀："她明白你的心意。"

张玉郎："我恨死了我自己。"

朱圈生走了过去。拉起李银刀，又准备去拉张玉郎。张玉郎眼中噙泪，摆摆手说："我要把半块玉佩取下来，我要完成月儿的遗愿。"

李银刀："这说明她的心上人是他，不是你。"

张玉郎："我爱她，和她无关。我摘不到星星，但我爱星星，我飞不上蓝天，可我爱蓝天。今生无缘，只能来生再见了。"他伸手取过柳月的半块玉佩，李银刀拿出另外半块交到张玉郎手里，两块玉佩合并在一起时，张玉郎看到上面映出了柳月的脸。这张脸释然地笑着，不说话。张玉郎的眼泪滴在上面，模糊了柳月的脸。

室内渐渐升起淡淡的柔光，丝丝暖意浸透到空气里。众人抬起头，见女神仙已降临烟翠楼内。众人回头，见女神仙落在地上。

"女神仙！你来了！"李银刀、朱圈生齐声说道。

张玉郎缓缓站起身，抹掉脸上的两行热泪，与女神仙相顾无言。柳月的死给了他太大的打击，当初那个嬉笑怒骂的张玉郎，就在这一瞬间成熟起来。

女神仙走到柳月旁边，扶起她的头颅，向她口中塞入一粒仙丹。李银刀问:"女神仙,你是不是能救回柳月的命?"

女神仙摇摇头,轻叹道:"我做不到。"

张玉郎:"既然如此,您又来这里做什么?"

女神仙走到张玉郎的面前,对他说:"张玉郎,你且莫如此悲伤,柳月也不是没有生还的希望。我刚才给她服下的仙丹,可保她尸体不朽,虫鼠不侵,只要你愿意救她一命的话……"

张玉郎急忙打断女神仙:"我愿意,我一万个愿意,女神仙,你让我做什么都可以,只要能让柳月活过来,只要能让她听我亲口说一次,我爱她,我便死而无憾了。"

女神仙转过身去,背对张玉郎说:"这可是你自己说的。"

张玉郎:"君子一言,驷马难追。"

女神仙:"好,方法倒是有一个,只不过你要付出巨大的代价。要想逝者回魂,唯有仙人之泪才办得到。可惜这世上,去世之人常有,仙人之泪难得。唯有一次,玉皇大帝为人间落下了一滴泪。这滴泪飘落到凡间,最终掉落在忘情山断魂崖上,孕育出一株四季常绿的仙草。等到冬天,衰草枯杨,唯有此仙草碧绿如初,一眼就能辨别。可惜到现在,还没有哪个凡人攀上断魂崖,就不可能有人见到过仙草了。张玉郎,你只要在冬日赶到断魂崖,采下这株仙草,送入柳月口中,柳月便能魂归肉体,重新活过来。"

张玉郎:"女神仙,此话当真?"

女神仙:"千真万确。只是,你可要经受巨大的考验了。"

张玉郎:"这一路要走多远?"

女神仙掏出一个计算器，急急忙忙按了一通，回答道："一共是五百四十三点二一里。"

张玉郎："听起来，不算太远……"

女神仙："此时已是人间夏末，你剩下的时日不多了。而且，你要从这里出发，一步一步把柳月带到断魂崖。我提醒你，你大可不必这么做，世上姑娘不止柳月一人……"

张玉郎："女神仙，你不必说了，姑娘有很多，柳月只有一个。我张玉郎是第一次感到内心汹涌的爱意。我一定要告诉柳月，我要救活她。"

李银刀走到张玉郎面前，抓住张玉郎的小臂，对他说："张玉郎，你可要想清楚，柳月已经心有所属，而且，他的爱人，那个老人，他还尚在人世，即使你救活了柳月，她也未必就会与你在一起。到头来，可能竹篮打水一场空。"

朱圈生："银刀说得对，不如就把柳月埋进那座坟里，结束这段感情恩怨吧！"

张玉郎："现在你们说什么都不管用了，我心意已决，一定要救活柳月。即使她无法爱我，我也没有遗憾，至少我知道，我曾经试过，我表达了我自己所能表达的全部的爱。"

朱圈生默默拉起李银刀的手，两人都不再说话。女神仙摇了摇头，对张玉郎说："事情还远非你想的那样简单。如果你同意了，我现在就要收走你的法力。凭借法力采到仙草是没有用的，只有凭你真实的身体付出，才能取走玉皇大帝的泪。"

第二十三章 / 痴情的张玉郎

张玉郎仰面不语,泪水又流了下来。上天竟要用如此的坎坷来考验爱的赤诚,而且这份爱的结果还未必合自己心意。他跑到墙边,用拳头狠狠捶打墙壁,直到皮开肉绽,血染到墙上,他终于还是下了决心,准备回头告诉女神仙:他愿意。

可是,等他回过头时,女神仙早已飞离了烟翠楼。只见一张红色的纸从半空中飞了下来。张玉郎认为这就是女神仙留下的通往忘情山断魂崖的地图了,等他拿到手中时,立马意识到了自己的判断错误——纸张的封面印着一个大大的"囍"字。张玉郎一脸不解。

女神仙突然又出现在众人中间,不好意思地笑着说:"刚才走得太匆忙,拿错了,这张是天女发给我的婚礼请柬,我要给你的是这张……"她拿出一份灰色的地图,递到张玉郎的手里。

女神仙:"好了好了,我现在要回天上参加婚礼去了。"

朱圈生拉住女神仙的衣襟,问她:"那我们呢?"

女神仙:"谁们呢?"

朱圈生:"我和银刀啊,法王已经被打败了,我们接下来要做什么?"

女神仙:"接下来嘛,当然是……你等等。"

她拿出一本降妖宝典,翻到第一页,手指从第一行字向下划去,边看边对朱圈生说:"喏,你看,第一个是狼王,第二个是法王,第三个就是……嗯,就是这个……你看这个嘛就是了……"

朱圈生摸着脑袋,也愣在了那里,他看着妖怪的名字,不知道这个字读什么。他把李银刀拉到身边,问她:"银刀,你看,这个妖怪的名字怎么读?"

李银刀:"嗯……这个嘛,犬就是狗,三个犬就是……张玉郎,你说是什么?"

张玉郎:"读'biāo',猋猋怪。"

女神仙:"哎呀,只有你一个人猜对了。"

张玉郎:"我没空跟你们玩了,我要准备带柳月离开。"

女神仙:"我也没空跟你们玩了,再不回去婚礼就要结束了。我答应给人家做伴娘的,要迟到了。"

女神仙转眼便消失。朱圈生抬头大喊:"女神仙,你没说猋猋怪到底在哪里啊?"可是女神仙已经没了踪影。此时,张玉郎已经背起柳月的尸体。

李银刀:"张玉郎,不要着急,等天亮再走也不迟。"

张玉郎:"我们就此别过吧,恕我不能与你们一起降妖除魔了。"

李银刀:"别这么说,说不定,我们要找的猋猋怪和你要找的仙草,就在同一个地方。我们命中注定相见,也注定彼此相助。反正这几天不会有什么事了,我们就陪你走几天。今晚就先留下来吧。"

朱圈生:"是啊张玉郎,先留下来吧,今天大家都累了,你这样疲劳上路,是撑不了几天的。"

张玉郎只好听两人的话,把柳月放下来。周围还有许多死去的妖怪。朱圈生从他们身上扒下几件衣服,拿回来分给大家。张玉郎接过一件,盖在了柳月身上。

张玉郎躺下来,倚靠在柳月的身边,默默不语,就像昨晚在烟翠楼度过的那夜一样。

剧照

第二十四章
包子店的陷阱

东方出现了第一缕光,李银刀揉了揉惺忪的睡眼,恍惚间回忆着昨夜发生的事情。她抬头看向张玉郎,发现张玉郎睁眼坐在一边,仿佛一夜都没有合眼。李银刀推了推沉睡的朱圈生,让他清醒过来。

烟翠楼已经换了模样:那些飘荡不定的红布不见了,陈旧腐坏的木质门窗也焕然一新,地上的妖怪尸体也悉数不见,没有人说得清是为什么,仿佛刚刚渡过的一劫只是一场梦。唯有一处在印证梦的真实,那便是柳月的尸体。李银刀走到柳月身边,俯身轻触她的肌肤,微凉,大致是女神仙的药在发挥作用。

朱圈生走到烟翠楼门外,用力伸了个懒腰,贪婪地享受着太阳照在面颊上的感觉。他回头喊道:"银刀,玉郎兄,我们上路吧。"

张玉郎背起柳月,踏出了烟翠楼的门槛。李银刀发现张玉郎忘记了带箱子,便提醒他:"张玉郎,你的箱子!"

张玉郎:"放下吧,我已经没了法力,这些法器对我来说已经没有用了。"

朱圈生走了过来,对张玉郎说:"扔了多可惜,这些东西都很值钱吧,我们可以拿到外面换点银子。"李银刀听了朱圈生的话,气得用力扭他的胳膊。朱圈生疼得嗷嗷叫。

朱圈生:"那么……最起码我们把娘娘枪带着吧。没有了娘娘枪的话,我就没法变成大野猪保护你们了。"他一边说着,一边拿出娘娘枪,塞进了自己的怀中。

三人终于上路了。张玉郎身单力薄,背着柳月走了没一会儿

第二十四章 / 包子店的陷阱

便已经大汗淋漓。李银刀在一旁看不下去了,对朱圈生说:"你个猪头,就不知道帮帮张玉郎,想当初你带着我和爹爹逃跑,跑起来像飞毛腿一样快,要我看,背柳月的任务就应该交给你。"

朱圈生:"我不是不肯背,我不是怕你吃醋嘛。"

李银刀:"我怎么会吃死人的醋?"

张玉郎:"你们别吵了,女神仙说了,我必须亲自背柳月去断魂崖,让别人替我的话就不算数了。"

李银刀不再争执。她看到前方有一家可以歇脚的客栈,便建议道:"不如我们先到里面歇息一个钟头,然后再赶路吧。"

大家统一意见后,决定前去歇脚。然而,客栈老板一看到张玉郎身上背着个死人,说什么也不肯让他们进去。老板说:"想进来也可以,你得把那女人放到远处。我们不接死人入住,太不吉利了。"三人无奈,只好另寻住处。可寻来寻去,没有一家愿意接受他们。朱圈生说:"我好饿啊,不如先找点吃的来填填肚子吧。"

三人走到一家包子店门口。热腾腾的蒸汽从蒸笼里溢出来,将肉包子的香味发散在空气中,朱圈生用力闻着,口水止不住地流着。做包子的是一对中年夫妻,男的矮小粗壮,粗眉圆目,女的倒显得人高马大、孔武有力。女店家毫不费力地提下笼屉,娴熟地将包子一一拣到筐里,用布盖上。她抬起头,问朱圈生:"今天来几个包子?"听上去仿佛朱圈生是常客,可他根本不认识她。

还没等朱圈生回答,老板娘接着搭讪起来。她问:"几位是外地人吧？看你们像是在赶路，一身疲惫的样子，怎么，没找个地方歇息歇息？不过也不急，先吃几个包子垫垫肚子……哎？您背上的女子晕倒了吗？"老板娘指着张玉郎问到。

张玉郎："哦……是，天气炎热，她中暑了。"

老板娘："那还是先落脚休息要紧。几位要是不介意，我家后院倒是有个住处，平时没什么人来，屋子也简陋了点。几位要是不介意的话，可以在我家落脚。"

张玉郎："怎么好意思打扰您二位做买卖。"

老板娘依旧十分热情地说："哪里的话？您几位要是住进来的话，我高兴还来不及呢。"

老板听了也说："您几位放心就是了。相遇是缘，我们分文不收。"

李银刀有些警觉。她小声对朱圈生说："这么多来买包子的，为什么他们偏偏让我们住下？我看未必是好事，还是小心为妙。"

老板娘看透了李银刀的心思，便说："姑娘您放心，我们只是刚才看到几位走过几家客栈没人收留，心生可怜，便想留下几位，要是您觉得不合适的话，我们也……"

朱圈生等不及了。他说："合适，怎么不合适？老板娘，我们就住一个钟头，不会在这里过夜的。"

老板娘："随便多久都行。您还得告诉我，您要几个包子呀？"

朱圈生又想起来，自己的肚子还在哀嚎着乞求食物。他说："十个！"李银刀用力踩了下朱圈生的脚背，小声说："猪头，

第二十四章 / 包子店的陷阱

你怎么吃那么多,我们没有那么多银子!"

老板娘:"姑娘,您就别不乐意了,有多少银子就给多少银子,不够的,就当我请客了。"

怎么会有这样天上掉馅饼的好事?李银刀感激之余,并没有消除内心的警觉。不过,朱圈生已经拉上张玉郎向店内走去了。李银刀只好跟了上去。

老板娘放下手中的活计,走到前面给大家引路,最后将四人带入了靠西的一间偏房中。她说:"我家里有一味治疗中暑的药材,可以现在给这位姑娘服下去。"她指着柳月的身体。

张玉郎显得十分尴尬。老板娘待人接物如此周到,他对自己的欺骗感到后悔。他说:"多谢老板娘,药材就不必了,我们只留一个钟头,马上就上路,不能费时间熬药了。"

老板娘停顿了几秒说:"好吧,既然这样,我就去给诸位准备包子去了。屋外太热,我把门给几位关上。那边有冷水,几位如果需要的话就去洗把脸吧。"

等老板娘走出去,张玉郎长舒一口气。他走到冷水边,将头整个浸入冷水中。李银刀左顾右盼,总感觉屋内不太安全。她说:"我们还是早些准备离开吧,我总感觉这里怪怪的。"

朱圈生:"早走晚走,总得吃了包子再走吧。再等等吧。"

三人左等右等,迟迟不见老板娘进屋。眼看半个钟头已经过去了,朱圈生开始焦躁起来。他说:"都快饿得前胸贴后背了,老板娘不会把咱们忘了吧。我现在去催一催。"

他走到门口,正准备开门,突然发现门被从外面锁上了。朱圈生慌张起来,猛烈地晃动了几下门扇,却没有打开。李银刀和张玉郎也意识到了大事不好。

谁也没有想到,这一对夫妻开的包子铺,卖的全都是人肉包子。他们为了节约成本,一直诱骗外地客人进屋入住,然后找各种机会对他们下手,将其残害。其实老板娘一直候在外面,她听到了朱圈生晃动门扇,便对着门内呵呵笑起来。她喊道:"这门你是休想打开了,等你们几个饿昏了头,老娘再将你们一个个扒了皮,剁成肉馅,哈哈哈哈哈。"

朱圈生三人这才听明白其中的阴险。李银刀走到门前,取出自己的两把杀猪刀,想要把门砍断,可试了几次都失败了。这两扇门不知用了什么材质,坚硬无比。她又想到了窗户,四下看去,才发现这间屋子的墙面并没有窗户,只有一个天窗关在头顶,普通人是根本够不到的。三人就这么干等着,太阳渐渐西下,屋内越来越暗,连一盏灯都没有。他们原本计划驻留一个钟头,可现在已经不知道过了几个时辰了。朱圈生一直对着门外叫嚷,可没有人再理会他。老板和老板娘清楚,只要把他们耗没了力气,再要怎么处置都不会费事。

天终于黑了,朱圈生不再喊叫。他抬起头,无望地看向天窗,口中沉吟着:"想不到我们降得了妖,除得了魔,到头来却被活生生的人给困住了。人心险恶,不过如此。"

李银刀:"这么下去不是办法,我们得快点想出个逃出去的

第二十四章 / 包子店的陷阱

办法来。否则，我们撑不了三天就会被剁成肉馅的。"

张玉郎："现在的每一分每一秒，都在阻止我去断魂崖。我们逃得越晚，就越不可能到达那儿。老天是在考验我，一定是的。"

李银刀："一定要经受住考验啊。"

朱圈生观察了一圈，发现了地面上隐约可见的血迹，他说："你们看，这儿有血，那也有，看来在我们之前一定有人遇害了。他们打不开这道门，我们也不太可能。要想出去，就不能这么硬闯，要想出别人没有试过的办法来。"

李银刀："什么办法？"

朱圈生："我在想，如果……"

李银刀打断他说："你直接说什么办法就是了。"

朱圈生："我刚才想了个办法，被你一吓又忘了。"

李银刀："你这头笨猪。"

夜已来临，门外传进来清脆的磨刀声，惊扰得室内的三人难以入眠。那声音摩擦着耳膜，仿佛刀口已经对准了他们的心脏。三人越来越饿，身体也越来越虚弱。朱圈生走不动了，便一屁股坐在了地上。李银刀坐到他身边，双目无神，对着空气自言自语道："会死吗？"张玉郎看了她一眼，默默不语。

室内有一张卧榻，柳月躺在上面。张玉郎把柳月向里推了推，也躺了上去。室内一片漆黑，只有天窗的地方透进来一丝光亮。张玉郎看着微弱的天光，脑子突然放空了，忘记了自己究竟身处何地，忘记了自己将要去向哪里。他开始幻想自己冲破了天窗，飞了出去。他看到了白云城,看到了爹,看到了遇见朱圈生的那天;他还看到了狼王,看到了法王,看到了大野猪,还有柳月……

柳月……他的心思一下收了回来,眼睛却依然注视着天窗。必须走到忘情山断魂崖才行,必须采到仙草才行,可是怎么出去呢?他望着天窗,黯淡地说出一句话:"要是能从天窗飞出去该多好啊……"

天窗!对了,要是能打开天窗,从上面逃走的话……想到这里,张玉郎情不自禁地说:"我有办法了。"

"什么办法?"朱圈生和李银刀急切地问道。

张玉郎指向天窗,骄傲地说:"我们就从这扇窗户逃出去。虽然看上去很高,但凭我张玉郎的聪明才智,还是能够克服的。我们就把这床上的床单被单扯断,拴在一起当作绳子,向上爬出去。"

李银刀:"听上去倒是可以,可是,我们怎么把绳子一端拴到天窗上呢?"

朱圈生:"还有一个问题,像我这样身材粗壮,怕是绳子会被挣断吧。"

李银刀:"而且,就算我们出去了,总不能把柳月丢在这里吧,她现在又不能自己爬。"

张玉郎大笑起来,这几天他从未如此笑过。他说:"你们说的都不是问题,我的办法很简单。"他走到朱圈生身边,把手伸到朱圈生的胸口。

第二十四章 / 包子店的陷阱

"你要做什么？"朱圈生吃惊地问。

张玉郎没有回答，反倒直接把手伸进了朱圈生的衣服中，从里面掏出了娘娘枪。他笑着说："银刀，我们现在把床单撕好，系成三根绳子，一头绑在你、我和柳月三人的身上，另一头绑在朱圈生身上，等一切准备好了，我就朝朱圈生开一枪，这样，他就会变成飞天大野猪，把天窗给撞开，也把我们带出去，你说妙不妙？"

李银刀："太好了，我怎么没有早点想到娘娘枪呢？我们现在就开始吧。"

剧照

第二十五章

脱险前进

说干就干。三人匆忙撕起床单来,仿佛抓住了最后一根救命稻草。床单发出"嘶嘶"的响声,惊动了门外的老板娘。老板娘对着里面喊道:"你们几个,要是想上吊的话,我送你们根绳子呀!要是敢破坏我家东西,我可要把你们大卸八块,蒸了喂狗!"

她的话已经威胁不到任何人了。屋内,各人已准备就绪。张玉郎拿出娘娘枪,对准朱圈生准备开枪,只消几秒钟时间,他们就能冲出去。可是天不作美,娘娘枪竟突然失灵,枪头耷拉下来,打不出任何东西。张玉郎说道:"糟糕,看来我的法力消失后,娘娘枪也不能听我使唤了。"

屋外,老板娘预感到屋内似乎有诡计,她迅速找到老板,让他把家里的六条狼狗迁过来。六条狼狗在门外狂吠着,如饥似渴地等待着一顿美餐。老板娘取来钥匙,准备把门打开,放狗进去。

张玉郎还在焦急地想着如何支配娘娘枪,这时门锁已经响起来。没有时间再想了!情急之下,朱圈生操起九齿钉耙,李银刀取出双刀,准备和敌人决一死战。

朱圈生急促地喊:"银刀,先把绳子割断。"李银刀便急忙去割绳子,这时门已经开了。老板牵着六只凶猛的狼狗走了进来,堵在门口。他大笑着说:"你们几个不识好歹的,今晚就是你们的死期!"他一说完,便松开绳子,放六只狗扑上前去。

绳子终于割开了。李银刀迅速举起杀猪刀,向着狗脖子砍去,一刀命中要害,一只狗顷刻毙命。朱圈生抡起钉耙,挡在张玉郎和柳月身前,不让狼狗靠近他们。五只狗晓得了杀猪刀的厉害,

第二十五章 / 脱险前进

转头集中力量向朱圈生这边扑过来。李银刀见状,急忙上前阻止。

老板站在一旁吼叫道:"这么多年,还从没有人能够躲得过我这六条狗,你们今天休想逃出去!"

朱圈生的钉耙长度有限,没办法同时挡住五条狼狗的攻击,他开始慌张起来。一条狗趁他不注意,从钉耙下方钻了过去,猛地咬住了朱圈生的小腿。朱圈生疼得嘶吼起来,瞬间变成了大野猪之身。

"怎……怎么回事?"老板和老板娘惊恐万分。

大野猪的身躯实在是太大了,刚飞起来就撞破了房顶,石头和灰尘一齐落下来,现场乱作一团。一块巨石落下,不偏不倚堵住了房门,谁也逃不出去了。狼狗开始找不到目标,到处乱撞起来。大野猪降落在地上,对着狼狗们嘶吼,吓得狼狗连连撤退,但又找不到出口,情急之下对着老板和老板娘撕咬起来,不一会儿就把两人咬断了气。大野猪慢慢地弓起身子,猛地冲了过去,用粗壮有力的猪蹄踩死了剩余的狼狗。现场的狗叫声终于结束了。

等到烟尘散去,现场终于变得清晰可见。李银刀从地上站起来,把杀猪刀收了回去。她俯身在地上寻找着,发现朱圈生已经变回了人身,两人拥抱在一起。

朱圈生:"张玉郎呢?"

李银刀:"我也没看到他,不会是……千万不要!"

"张玉郎——张玉郎——"两人大叫起来。慢慢地,地上一只开口的水瓮被推开了。张玉郎拉着柳月的身体从里面爬出来。

他叫着:"好险好险,刚才水缸被打翻了,我带着柳月趁机躲了进去。要不然我非死不可了。你们两个看什么,还不快过来帮忙?"

朱圈生和李银刀匆忙走过去,帮着张玉郎走出来。此时墙外已经围起来一众人群。大家叫嚷着,称赞里面的几位是英雄。有人凑近了说:"这对夫妇为人歹毒,专坑外地人,已经害死好多人了,他们夺人钱财,取人性命,可是这里的县衙管都不管,反倒和他们勾结起来搜刮油水。你们真是为民除害,除暴安良啊,这下我们大家都太平了。"

朱圈生骄傲地挺起胸脯说:"哪里哪里,我们是故意设下的圈套,等着为民除害呢!"李银刀和张玉郎尴尬地笑了。

群众带来了干粮、水果,送到朱圈生三人面前,三人便狼吞虎咽地吃起来。李银刀轻轻捶着朱圈生的背说:"慢点,小心噎着。"张玉郎见此情景,轻轻摸了摸柳月的面颊——柳月的身体是冰冷的。

热心人将他们送到城头,准备就此一别。张玉郎摸了摸身上,忽然紧张起来:"地图呢?地图不见了。没有地图,我们可怎么走到目的地?"

朱圈生望了望眼前漫长的道路,问热心人:"好心人,你知不知道忘情山怎么走,走这条路能到吗?"

热心人皱起眉头说:"你们去那里做什么?"

朱圈生:"去采一味草药。"

热心人:"草药四处皆有,为什么非要去忘情山?"

第二十五章 / 脱险前进

朱圈生:"这个……我们要的草药只有那里才有。您能不能告诉我们怎么走?"

热心人:"还是不要去的好。"

"为什么?"三人齐声问道。

热心人:"诸位有所不知啊,那忘情山本不叫忘情山,只是个无名山峰。据说,一位天女动了凡心,和人间一男子相爱,两人发誓长相厮守,永不离弃。可是,男子的家人不同意这门婚事,天女这样做也已经违背了天条。二人相约来到这忘情山中,决定在此私定终身。玉皇大帝动怒,决意收走天女的记忆。从此,天女在凡间与他的男人日日见面,但每天醒来,他都会失去之前所有的记忆,忘记男子究竟是谁。男子虽大受刺激,但仍坚持每天培养天女的记忆,日复一日,年复一年,从没有间断过。可是玉皇大帝不为所动,没有收走律令,因此天女的记忆从来也不见好转。一年年过去,男子变得越来越苍老,天女却美貌如初。终于,男子生了一场大病,不再忍心去唤醒天女的记忆,他怕天女记起他来,看到他生命即将终结的现状。男子来到山崖边,毫不犹豫地跳了下去,以此表达自己对玉皇大帝的反抗。你不知道,就在他跳崖的那一刻,天女的记忆里突然有了男子的名字,她终于记起了他,可他却再也不在了。天女决定守住这座山,永不离开。玉皇大帝见状,为之掉下了一滴眼泪。从此之后,这座山就被人叫做'忘情山',山崖被人称作'断魂崖'。"

李银刀听了,开始抽泣起来,她说:"真是感人啊,不过,既然如此，我们就更应该前去才对。为什么您不支持我们去呢？"

张玉郎也说："对啊，没准我们到了那里能够碰到天女呢！"

热心人叹了口气，接着说道："这些年还没人敢到那里去。你们可能碰不到天女，但一定会碰到怪物。忘情山现在被一个叫'猋猋怪'的妖怪占领了，他还强行娶了天女为妻。就你们几个前去的话，恐怕是凶多吉少。"

"猋猋怪？原来猋猋怪就在忘情山啊！多谢提醒！"朱圈生兴奋地说道。

热心人："此话怎讲？"

朱圈生："您有所不知，我们就是要去找猋猋怪，我们的任务就是搞定他。"

热心人："额，您刚才不是说去采草药吗，怎么又变成捉妖怪了？再说，就凭你们还能捉妖？"热心人的目光中充满了鄙夷。

朱圈生："来不及解释了，好心人，您只要告诉我们，去忘情山的路该怎么走就是了。"

热心人："我不知道。"

朱圈生："什么？说了半天你竟然不知道？"

热心人："我只知道忘情山的故事，不知道路怎么走。事实上，我只是这一带一个说书的。刚才说的就是个故事，你们可别当真了，这世上哪有什么神仙鬼怪，都是人瞎想罢了。我还从没听过有人真的要去忘情山呢，我也不知道忘情山在哪。"

朱圈生："怎么会？你连猋猋怪都知道，怎么会只是个故

第二十五章 / 脱险前进

事呢?你不会是哪位神仙变的吧?好神仙,你快告诉我路怎么走吧!"

热心人:"我拒绝回答这个问题。我先走了,我娘还等我回家吃饭呢。祝你们一路顺风。"

热心人说完,以迅雷不及掩耳之势离开了现场。

朱圈生抱怨起来:"他明明什么都知道,还非要说都是假的。就是不想告诉我们嘛!气死人了。"

李银刀上前安慰他说:"你想啊,他肯定是知道忘情山的情况了。既然他把我们带到了这条路来,那我们就接着往前走,肯定不会错的。他一定是想让我们这样走下去呢。"

朱圈生:"我觉得他可能是女神仙变的,你觉得呢。"

李银刀:"不重要。"

张玉郎:"不重要。"

朱圈生突然感到小腿生疼,他坐在地上,摸着被狼狗咬伤的地方,可怜兮兮地说:"不知道多久才能好起来,这伤口好深呐。"

张玉郎:"不会得狂犬病吧?要是狂犬病的话,我得离你远一点,免得哪天你再咬我一口。"

朱圈生:"别胡说。"

张玉郎:"说起来也很深情,被狗咬一口就变成了飞天神猪,娘娘枪都不用,你真是进化了呢。"

朱圈生:"对了,你把娘娘枪放哪里了?"

张玉郎:"扔了,没了法力,拿着娘娘枪也没用。干脆扔了吧,带在身上只会增加重量。"

朱圈生:"你疯了吧?万一以后又要用到呢?万一被坏人捡走了拿去作恶呢?万一……"

张玉郎:"哪来那么多万一,骗你的你也信?这可是我爹给我的传家宝,怎么能说扔就扔?我早就把它揣进怀里了。朱圈生你知道吗?我有一种直觉,关于娘娘枪,我有一种直觉……"

朱圈生:"什么直觉?"

张玉郎:"我觉得,我和你可能是一个组合。"

朱圈生:"……"

张玉郎:"你看,我给你一枪,你就变飞天大野猪,以后要是……"

朱圈生:"停停停,谁要跟你组合?哎……你也真是可怜,要背着柳月走这么远,你看眼前这条路,一眼都望不到尽头,光是这一段就够你受罪了,更别提后面还可能碰到燊燊怪。"

张玉郎骤然严肃起来,刚才张扬而灿烂的情绪不见了。他紧紧背起柳月,对朱圈生和李银刀说:"快些上路吧。"

朱圈生提起一个大包袱,里面是群众送给他们的盘缠和干粮。四人继续向前走去。

剧照

第二十六章
断魂崖上

第二十六章 / 断魂崖上

朱圈生一行走走停停，一路问着忘情山的方位，终于快要到达了。时令已到冬天，还有七天便是冬至。张玉郎盘算着，他要在冬至那天采到仙草，让柳月复活。刚刚有位老人告诉他们，距离忘情山只有十里远了。

张玉郎激动地叫道："忘情山，断魂崖，我找你找得好苦啊！"此时的他已经脸庞瘦削，身如干柴，心力交瘁，像是再也走不动路了。可他坚持着，背起柳月准备继续走，只是一步一个趔趄，身体摇摇欲坠。

朱圈生不忍心看到他这副模样，便说："冬天还长着，我们不必如此着急，就在此地休息几日，也好恢复一下元气，不然的话，我们这么疲劳，肯定没有力气收服妖怪的。"

张玉郎："不能等了，我的心已经等不及了。"

朱圈生："急有什么用，白白送死可是救不活柳月的。你现在必须听我的。你要清楚，你已经没有战斗力了，必须我和银刀先去对付焱焱怪，把它收服以后，你才能安稳地上山去采仙草。凡事要有策略，你懂吗？"

李银刀兴奋地握着朱圈生的手说："你刚刚说了哪两个字？策略？你终于成熟了，学会思考了，圈生！"

张玉郎："只怕我耽搁下去，仙草已经不在山崖上了。"

朱圈生："不在山崖上，还能在哪儿？你听着，我和银刀一定保护好仙草，等着你去采摘。你大可不必着急。"

张玉郎："既然这样，那我听你的就是了。"他把柳月放下来，呼哧呼哧喘了几口气,继续说道:"我们先去找一家住处吧。"

朱圈生:"这荒郊野岭的,到哪去找住处。"

张玉郎弯下腰,抬起头,指着前面的一间破茅草屋说:"你看那里,可以将就一下。"于是三人带上行李和柳月,向茅草屋走去。

茅草屋外横着几根枯枝,朱圈生拨开枯枝走进去,发现里面光线暗淡,墙角结着大片的蜘蛛网。他抓起一根枯枝,把蛛网一个个挑破。半响过后,室内终于干净了一些。他说:"现在可以进来了。"

李银刀和张玉郎走了进去,发现室内空空,什么也没有。李银刀说:"我们去找些枯草捆起来当作扫帚,清理一下这间茅屋吧。"她要带着朱圈生去找枯草,忽然想到把张玉郎和柳月单独放在这里并不安全,便说:"我自己去找枯草,圈生,你和张玉郎留在这里。"

朱圈生挡住李银刀说:"还是我去吧。"他说完便一个人出去了。

张玉郎已经虚脱地躺倒在地上。李银刀看了他一眼,对他说:"吃点东西吧,包袱里还有一些干粮。"

张玉郎:"我不饿……"

李银刀只身走到门口,对着外面望了望。一眼看去,山连着山,山头上云雾缭绕,仿若仙境。只是,这仙境般的地方竟然会有妖怪。李银刀想着,一场恶战马上就要开始了。

第二十六章 / 断魂崖上

等到朱圈生回来时,李银刀和张玉郎都已经睡着了。他看着大家躺在地上,欣慰地摇了摇头,自言自语道:"大家都累了,好好休息吧。"他看到李银刀和张玉郎冻得缩成一团,便把刚找来的干草盖在了两人身上。他自己也躺下来,准备休息片刻。

他实在是太累了,刚一躺下便进入了梦乡。在梦里,他一路飞着回到了铜锁村的家中。炊烟飘在空中,李屠户已经做好了饭菜,银刀跑到院子里来,喊他快去吃饭,而他还在院子里搂着小猪罗自说自话。多么幸福啊!那时候,他和银刀还都是天真的孩子,他还暗恋着她,不好意思说出口,谁也不知道将来会发生什么,日子就那么平平安安地过着。他的梦越来越沉了,他不愿意醒来,不愿意面对这个险恶的世道,不愿意知道自己是八戒转世,他想一辈子生活在这个梦里,没有神仙,没有妖怪,他只想过人的生活,平凡的生活。

朱圈生身体猛地一抖,他被冻醒了,接着打了一个激灵,随之而来的是一个巨响的喷嚏。喷嚏声把李银刀和张玉郎都吵了起来,干草也被他剧烈的喷嚏吹散了。朱圈生不好意思地摸着脑袋,笑了起来。他说:"银刀,我刚才做了一个梦,你猜我梦到了什么?"

张玉郎:"求求你了朱圈生,不要再虐狗了。"

朱圈生:"我的梦和狗没有关系。银刀,你猜我到底梦到了什么?"

李银刀:"你快闭嘴吧!我不感兴趣,我只想好好睡一觉,你个猪头,都怪你把我吵醒了。"

朱圈生:"对不起啊,那你继续睡吧。"

李银刀:"醒都醒了,谁还有心情继续睡?哼!"

朱圈生:"都怪我,都怪我。"

李银刀:"算了,我们还是准备一下,抓紧向忘情山出发吧。再耽搁下去,我们的食物都不够了,天又这么冷,可别在最后时刻冻死山中。"

朱圈生:"你说得对。可是……如果我们都去忘情山的话,就没有人照顾张玉郎和柳月了。"

张玉郎缓缓站起身,说道:"你们去吧,我不需要照顾。"

朱圈生:"你不需要,不代表柳月也不需要。这样,银刀,你负责留下来保护这里,我一个人去忘情山,会会那猋猋怪。"

李银刀:"不行,你一个人太危险了。"

朱圈生:"怕什么,你要记得,我可是飞天神猪。有什么困难能难住飞天神猪吗?狼王和法王那么厉害的妖怪我都能对付,我还害怕这个猋猋怪不成?猋猋怪啊猋猋怪,你听听这个名字,这么萌,一定是个小妖怪,很容易对付的。"

李银刀:"也好,那你一定要注意安全。"朱圈生答应下来。他拿起钉耙,准备出门前往忘情山。李银刀凑上前去,给了他一个长长的拥抱。

终于,忘情山就在朱圈生脚下了,对未知的恐惧使他紧张起来。四周烟雾缭绕,不像妖怪据点,倒让人感觉进入仙境。朱圈

第二十六章 / 断魂崖上

生始终谨慎地往前走着,时时回头观察有无尾随者。可是这忘情山上竟一个妖怪的影子也看不到。他想起那天女的传说。如果传说是真的,天女应该还在这山上。可是究竟在哪呢?他已经接近山顶了,可依旧什么也没看到。他开始怀疑起来:莫非焱焱怪在忘情山的传说是假的?莫非他这一路来错了地方?莫非……他不敢再想了,他害怕失望。

忽然,一只鸟擦着朱圈生的肩头飞了过去,紧接着第二只,第三只……越来越多。这么冷的地方,哪来的鸟呢?就算有,为什么刚才没有看到?他观察着鸟群,发现他们越过山顶,径直向下飞去。下面有什么呢?那应该就是断魂崖吧。朱圈生试图走过去看看。

他小心翼翼地迈着步子,生怕一不留神掉下悬崖。走到悬崖边时,他慢慢趴在地上,只把头探出去,看向悬崖下面。奇怪,那些鸟全都不见了。突然,他眼前一亮,发现了灰蒙蒙的山石之中的一抹绿色。那一定就是张玉郎需要的仙草了。既然没有妖怪,干脆就让张玉郎来采摘仙草好了。他准备即刻返程。

还没等他从地上爬起来,那群鸟又出现了。他清清楚楚看到,那群鸟是从山石缝中飞出来的。这说明,在这个悬崖的断面上,一定有一个隐藏的洞穴。他改变主意,决定下去一探究竟。可是地势如此危险,该怎么下去才好呢?如果自己会飞就好了。他是会飞的,他想到,只要变成飞天神猪,他就能飞起来一探究竟。可是怎样变成神猪呢?这里既没有娘娘枪,也没有狼狗,好像没有别的办法了。他待在原地干着急。

　　天色越来越暗,气温越来越低。如果这样呆下去,他很可能会被冻坏。他决定先返回茅屋中想办法,于是起身返回。

　　李银刀已经在茅屋门口焦急地守望了。她看到朱圈生安全回来的身影时,激动地跑了过去。可是朱圈生带来的消息却让她失望:这一趟没有发现燊燊怪。朱圈生把所见所闻一五一十地讲了出来。三人商量过后,决定冬至那日一同上山。如果没有燊燊怪,起码还可以采到仙草。天气太冷,三人抱作一团,沉沉睡去。

　　冬至清早,太阳已高过山头,阳光透过薄雾,进入了茅草屋中。朱圈生揉了揉眼睛,把大家都叫醒了。他们决定赶早出发,留出尽可能多的时间采摘仙草。张玉郎背上柳月,准备走完最后的路程。一切都已妥当。

　　三人轻易地来到了断魂崖边,朱圈生第二次趴下来向下观望,并没有发现多少区别。那株仙草还在那儿没有动过。张玉郎把柳月放在一边,也跟着趴下来。

　　张玉郎:"这么陡峭的断面,想要爬到那里是不可能了,我到底怎么才能采到仙草呢?"

　　朱圈生:"如果我变成野猪,就可以驮你到仙草边了。可惜我实在不知道该怎么变身。"

　　李银刀走过来说:"这好办,你站起来。"

　　朱圈生好奇地站起身来。李银刀反倒趴下了,她拉过朱圈生的小腿,张嘴咬了一口,可是朱圈生没有任何变化。张玉郎见了,笑得合不拢嘴。他对李银刀说："你……你以为你是狼狗吗？哈哈哈！"

李银刀生气地站起来，对张玉郎说："你笑什么，你要是有办法，可以提出来。"

张玉郎依然在笑，一不小心，手边没有稳住，半个身子滑到了悬崖下边，他立马用手勾住地面，用尽全身力气保证自己不掉下去。鸟群像是受了惊，突然从山石中间飞出来。张玉郎大声喊叫着："救命啊！救命啊！"

朱圈生和李银刀急忙蹲下身子，试图把张玉郎拉回到地面上来。可还没等他们抓住张玉郎的手，张玉郎已经坚持不住，坠落下去。朱圈生心想大事不好。

突然之间，一道银光从山石中间射出。那正是鸟群刚才飞出的地方。银光过后，一个身影飞了出来，他一把将张玉郎接住，抓着他来到了山顶。朱圈生和李银刀定睛一看，眼前之人是一名男子。

朱圈生："敢问你是？"

男子不准备回答，转身就要离开。朱圈生大喊一声："站住！"男子突然停了下来。

朱圈生继续说："我们想找你帮个忙。"

男子终于说话了："怎么帮？"

朱圈生指着悬崖断面说："你看到那儿那株仙草了吗？我们需要它，你能不能带他下去采下来？"

男子:"仙草?你们怎么知道那是仙草?你们是什么人?"

朱圈生:"你先回答我们,你是什么人?"

男子:"我没工夫猜谜语。你不说的话,我可不帮你了。"

朱圈生:"别走。我们是想把地上这位姑娘救活,一位女神仙告诉我们,只要采到断魂崖的这株仙草,放入她的嘴里,就能把她救活,你帮帮我们吧。"

男子:"哪位女神仙?你们怎么会认识神仙?"

李银刀走上前来,郑重地对男子说:"我来说吧。他本是天上的天蓬元帅转世,因此知道一些仙界的事情。你若能帮我们,我们一定感激不尽。"

男子:"原来如此。那就随我来吧。是谁要采仙草?"

张玉郎急忙站起来说:"是我,是我,求求你帮帮我。"

男子一把抓住张玉郎,一个飞身把他带到仙草旁,让张玉郎摘下了仙草,接着又一个飞身飞上山顶把张玉郎放下来。张玉郎迫不及待地走到柳月身边,将仙草塞入了她的嘴里。

"柳月!柳月!"张玉郎不停地呼唤着。不一会儿,柳月果真苏醒了过来。她慢慢睁开眼睛望着张玉郎,低声问道:"你……你是谁?"

张玉郎万万没有想到,柳月的第一句话竟然在问他是谁。她已经完全不记得他了。他的生命中第一次体会到"忘情"与"断魂"的痛苦。他这一路历尽坎坷,受尽折磨,险些把性命搭进去,就是为了能对柳月表达出自己的爱意,可是现在柳月真的醒了,却

第二十六章 / 断魂崖上

不再记得他是谁。他曾信誓旦旦地说他的爱与她无关,可他多么希望有一个美好的结局啊,他多么希望她记住他,答应他……什么也不可能了,什么都是虚妄。一股绝望感从张玉郎的胸口窜到头部,他猛地站起来,对着悬崖的虚空嘶吼起来。他没有任何词语来表达痛苦,只是一个劲地吼叫着,如同猿类的哀啼,响彻山崖。

陌生男子看到这一幕,深受触动。他突然回忆起来,几十年前,他就是这样对着悬崖嘶吼的。他深深地理解那种绝望感和无助感。他怕张玉郎自寻短见,便急忙上前拉住张玉郎的胳膊。

男子:"不要这样。"

张玉郎:"我还能怎样?"

男子:"我理解你的痛苦。我以前也曾深深爱过一个女人,可是这世道容不下我们,我曾经像你一样绝望,我想过去死。可是我不能,我珍视自己的爱,即使她把我忘记了,我也不能够忘记她。记住,不论怎样,爱一个人是你做过的最好的事。"

李银刀听到了男子说的话,上前问他:"莫非你就是……那个……爱上了天女的男人?"

男子反问:"你是如何知道的?"

李银刀:"这里是忘情山,断魂崖,忘情和断魂,说的就是你们。对不对?"

男子:"不对!那个男人已经跳崖死了。我不是他,我是这里的妖怪。"

李银刀:"妖怪?怎么会有你这么好的妖怪?"

男子:"别问了。你们的目的已经达到了,快些离开这里吧,当心到夜里天寒地冻走不出去,我可管不了你们。"

李银刀继续追问:"不,我们还有一件事没有完成,那就是收服一个叫猋猋怪的妖怪,请问你见过他没有?"

男子:"哦?当然见过。"

李银刀:"既然这样,就烦请带我们去找他吧。"

男子:"不必了。"

李银刀:"为什么?"

男子:"远在天边,近在眼前。"

李银刀愣住了。他低声说道:"这么说,你就是……"

男子:"告诉你也无妨,我跳下断魂崖后,灵魂始终忘不掉这里,我便游荡而归,决定与我的女人厮守于此。上山的村民看到我,都把我看作是妖怪。时间一长,我也有了个'猋猋怪'的名号。呵呵,既然你要收服我,就请便吧。"

朱圈生在一旁听得一清二楚。他现在才知道,刚才他寻求帮助的人,就是女神仙要他收服的妖怪。可是,他从未遇到过如此和善的妖怪,他犹豫了,愣在原地一动不动。

这时候,女神仙从天而降,缓缓站立到悬崖边。众人齐刷刷向女神仙看去。朱圈生激动地说:"女神仙,难道这就是你要我收服的妖怪吗?"

女神仙:"是,八戒,这就是。"

朱圈生:"不可能,他是好人,我做不到。"

第二十六章 / 断魂崖上

女神仙:"他违背天理,逆天行事,斗胆与仙界之人结婚,现又在凡间做起妖怪,理当铲除。天理难违,你不必纠结。"

朱圈生:"天理?如果爱都违背天理,还要这天理有什么用?我做不到。"

女神仙:"这是命令。八戒,降妖除魔是你的任务,快快动手吧。"

朱圈生不情愿地拿起钉耙,准备发起攻击,但他刚要出手便忍住了。他转头继续对女神仙说:"放过我吧,我做不到。"

女神仙:"天命难违,快快行动吧。"

朱圈生依旧迟迟不肯动手。一旁的男子发出一声冷笑,他挺起胸膛,面对女神仙说:"天命难违,天命难违……那我就成全这天命吧。"

话音刚落,男子便冲向朱圈生的钉耙。一头扎在铁钉上。钉耙遇到妖怪之身,发出烙铁般的热气,九个钉齿变得通红。男子一阵颤抖之后,化作烟云消失了。接着,一颗新的钻石镶进了九齿钉耙之中。

朱圈生跪在地上,欲哭无泪,他说:"神仙姐姐,我不明白,我不明白!"

女神仙:"你会明白的。"

朱圈生慢慢站起来,死死盯住女神仙说:"我决定了,从今往后,我不再做什么降妖除魔的事。"

女神仙:"这是天命,你的生命自有定数,万万不可违抗天庭的指令，否则只能自食苦果。"

朱圈生："天庭？天庭的人可曾考虑过凡人的感受吗？我想，等有一天我做完了降妖除魔的指令，我愿意跟银刀两厢厮守，可是那时候，天庭是不是要拿出同样的命令来拆散我们？我不希望我们的未来就像焱焱怪的今天！天庭派我来替天行道，可是我今天知道了比替天行道更重要的事，那就是替人行道。"

女神仙摇摇头，升天而去了。李银刀在一旁回过神来，上前拉住朱圈生的手，不断地抚摸他的后背。朱圈生再也忍不住，失声痛哭起来。站在一旁的张玉郎像是从中明白了很多，跟着掉了许多泪。

张玉郎走到柳月身边，问她："月儿，你还能记得些什么？"

柳月脱口而出："王生，我的王生。"

柳月尚不知道，她心心念念的王生已经垂垂老矣，再也不是当年的俊朗青年了。她也不知道，她的话字字如针，扎进了张玉郎的心脏。张玉郎闭上眼睛，慢慢对柳月说："好，我带你去找他。"

刺眼的阳光驱散了薄雾，鸟群飞过，发出最后的悲鸣。朱圈生、李银刀、张玉郎和柳月，四人携手从忘情山上离开。朱圈生回望着远处的山顶，仿佛洞穿了浮世。李银刀拍了拍朱圈生的肩膀，两人相视而笑。

四人向着东方出发了。

剧照

—— 好书是俊杰之士的心血，智读汇为您精选上品好书 ——

作者谈人生、谈事业、谈成功，向我们展示了一个充满灵性的生命旅程，具有思想启迪与行动指导意义。

央视百家讲坛大咖鲍鹏山、韩田鹿、郦波联袂推荐，已使成千上万企业家学员受益！

从逻辑的起点，到形式逻辑的三大基本规律和基本推理，再到19种逻辑谬误等概念浅近直白地呈现出来。

本书通过演说智慧、销讲智慧、导师智慧、领袖智慧帮助企业家提高演讲水平，更好地"为自己代言"。

让更多的家长掌握家庭教育的方向和方法，增加家庭的幸福感，提升全民的整体素质和生命的品质。

以小说生动细腻的笔触＋专业的职业生涯指导，写就一部毕业十年最感人职场与爱情双丰收励志小说！

购书通道　　

智读汇淘宝店　　智读汇微店

—— 关于"书课联盟伴你成长"的温馨提示 ——

　　我们倡导学以致用、知行合一，特别推出互联网时代学习与成长群。所有"智读汇·名师书苑"的精品图书背后，都有老师精品课程值得关注。

　　欢迎关注、加入我们为每一本书量身定制的书友社群（微信客服：zhiduhui9），通过从图书到微课分享到线下课程与入企辅导等全方位、立体化的尊贵服务，助您突破阅读、卓越成长！

书　　好书是俊杰之士的心血，智读汇为您精选上品好书。

课　　首创图书售后服务，关注公众号、加入读者社群即可收听/收看作者精彩微课，还有线上读书活动，聆听作者与书友互动分享。

社群　　圣贤曰："物以类聚，人以群分。"这是购买、阅读同一本书的书友专享社群。以书会友，无限可能。

　　欢迎咨询作者课程，希望到课堂现场聆听作者精彩分享请与我们联系，我们共同分享阅读、学习与成长的乐趣！咨询电话：13816981508

—— 好书是俊杰之士的心血，智读汇为您奉上 20 堂写作课 ——

关注"书课联盟"公众号，
"在线课堂"中免费试听

—智读汇系列精品图书诚征优质书稿—

　　智读汇全媒体出版中心以"内容+"为核心理念，与出版社强强联手，整合一流内容资源。我们关注当下社会潮流和阅读热点，诚向影视公司、小说创作者、励志美文作者征集影视同期小说、原创小说、散文随笔等多种体裁的书稿。

　　欢迎更多才华横溢，锐意创新的作者朋友加盟，共创全新阅读体验。

出版咨询：13816981508（兼微信）